悼亡者
e Prayer
Band Member
Profile
File 003
BAND
Xiang
Kuan
Age
25
Position
鼓手 Drummer
普通的好人，
有著雜草般的韌勁。
有時候會發現他不為人知的一面。

悼亡者
The Prayer
Band Member
Profile
陽光
Character File 004
YangGuang
Age
25
Position
貝斯手 Bassist
只有外表陽光的毒舌青年。
看起來很聰明，實際上卻有點傻。
BAND
KEEP OU

GOBOOKS
& SITAK
GROUP©

GOBOOKS
& SITAK
GROUP©

三日月書版

三日月書版

2
YY的劣跡
illust 瑞讀
Pray it out
三日月書版
輕世代 BL063

THE PRAYER
Vocalist
Yan Huan
Guitarist
Fu Sheng
Drummer
Xiang Kuan
Bassist
Yang Guang
KEEP OU

The Prayer Full Album

PRAY IT OUT

The Prayer Full Album
PRAY IT OUT!! Vol. 2 Playlist

01

#Pray it out

陽光

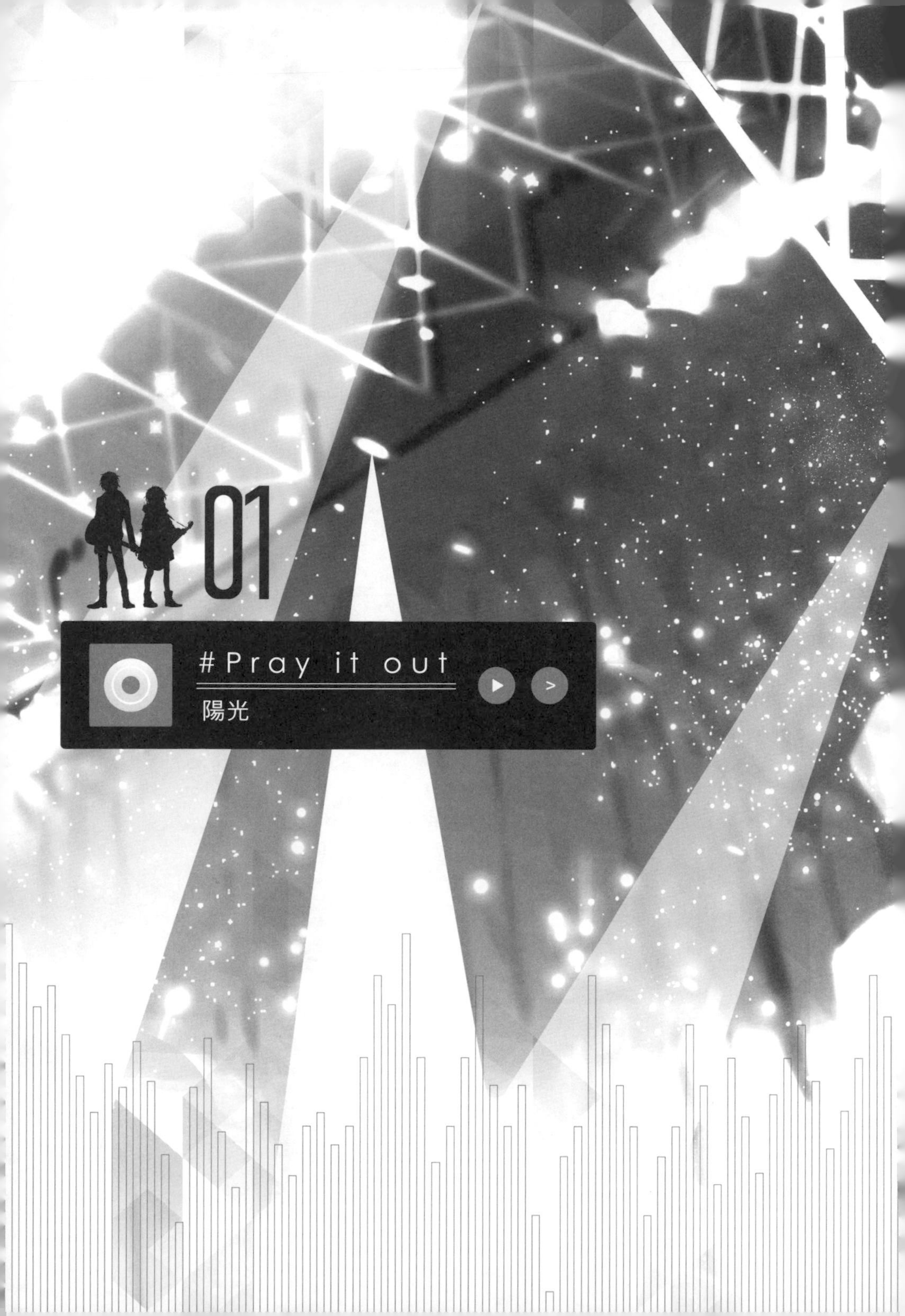

沃而馬超市，全國數一數二的連鎖超市。

這裡每天有數不清的客人來來往往，作為收銀員，每天也都要和各種面孔打招呼。

有的是滿腹牢騷的家庭婦女，有的是外地口音的外鄉人，還有一些不說話不開口，掏出銀行卡就對你鼻孔朝天的都會男女。

作為一家超巨型連鎖超市的收銀員，陽光每天都得面對這些形形色色的人，他倒是不覺得累，反而覺得這算是這份枯燥工作中唯一的一點樂趣。

「你好，一共是三十八元。」

又一個顧客來結帳，陽光刷完條碼，對著顧客報完數額。

「三八？」買東西的男人皺了下眉頭，「不吉利啊，能不能打個折扣，去個零頭。全部三十就可以了，小伙子。」

第一次碰見在超市裡要求打折的人，陽光帶著一臉微笑道：「十分抱歉先生，本超市並不打折，只能按原價計算。」

「什麼?!那你的意思就是，要我拎著這袋『三八』回去了?」男人無理取鬧，「你難道就不能給個面子體諒體諒我嗎?不然，三十七也行。」

陽光繼續微笑。

「本超市不能折扣，先生。」

「真不能？」

「是的。」

「真的確定不能？」

「……」後面排隊的人都在圍觀了，陽光實在是忍不住內心的吐槽。

這位大腦有些先天殘疾的先生，你見過哪家超市是可以打折的？沒見過你這麼無理取鬧的，你看你身後那個高中小鬼頭都在鄙視地看你了！

不過面上，他仍然是一副和善的微笑。

「抱歉，先生。」

「哦……那算了吧。」最後男人有些失望，陽光還以為他是妥協了、準備付錢了。

誰知，這位大爺一揮手，十分霸氣地說：「不能打折，這一袋我就不要了，留給你們自己吧，拜拜。」

瀟灑地一個大步，這男人就將一袋子「三八」，不，一袋價值三十八元的商品丟在收銀臺，人已經走遠了。

陽光默默咬牙，對一旁排隊等待結帳的目瞪口呆的人群道：「謝謝，下一位。」

這回的客人是一個高中生，似乎買了不少東西，整整一車。

說起來週末的時候，經常會有學生來大採購，陽光也都習以為常了。不過讓他小小訝異的是，平時那些買一堆東西的都是女生，而今天的這一位竟然是個男生。

他不由得抬頭打量了面前的男生一眼。

眉清目秀，還算有本錢，長大了一定又是個調戲良家少女的角色。

心裡有些酸酸地想著，陽光對著這個長得比自己要小帥那麼一點的少年道：

「一共兩百五十……七元。」

他頓了一下，幸好不是二百五，不然這個小鬼要是也和前面的那個神經病一樣發病怎麼辦？

「這麼多？」少年皺了下眉頭，自言自語，「我好像沒帶夠這麼多錢，兩百不夠啊。」

陽光眉角跳動了一下，繼續微笑。

「啊，還有這個。」

他看見少年低低說完一句，就從衣服口袋裡掏出一張卡。嗯？這一位還是個小富二代？

陽光一邊想著，一邊接過那張信用卡……信用卡？

他定睛一看，看著上面寫著××中學儲值卡的字樣，努力放低聲音，溫柔道：「這一張卡不能使用，請換一張。」

「不能用嗎？」少年故作不解道，「可是平時在學校裡買東西，我們都是用這卡刷的啊。」

看著他天真無辜的表情，陽光不太確定這小子是故意耍他，還是真的這麼天然呆。

「我想這張卡只能在你們學校使用，在外面是無法使用的。」陽光露出職業微笑，把卡遞了回去。

「哦，那算了吧。」

又是同一句話，陽光心下一跳，有不好的預感。

果然只見這小鬼空手走出收銀臺，臨走前還很遺憾地說：「等下回能刷這張卡了我再來買吧，謝謝你啊，大叔。」

大叔？大叔！

你最好永遠別再來了！

陽光忍著眼角的抽跳目送那小鬼離開，回頭，看著收銀臺上堆滿的客人不要的商品。他只能對還在排隊等待的客人們抱歉地笑一笑，「請稍等一下，清理完這些後再繼續結帳。」

陽光掏出一個籃子，將那些東西全部整理好放進去。正在此時，一個人影站到他身前。

「客人，請再多等一會……」陽光耐著性子重複道。

「不用，我就要臺上的這些，全部。」

一個有些低沉的聲音傳來，陽光愣了一下。他抬頭，看見一個戴著墨鏡的高挑男人正站在收銀臺前。

見他看過來，墨鏡男有些挑釁地揚了揚嘴角。

「怎麼，難道你不打算賣給我？」

看見這個人的那一刻，心中所有的疑惑全都恍然。

陽光站起身，笑一笑。

「我還想說今天怎麼那麼多事，原來全都是你搞出來的。」

墨鏡男不置可否。

「收銀員的工作很愉快？」

「愉快不愉快我自己知道。」陽光看著這個討人厭的傢伙，「倒是你跑到這裡來做什麼？付聲。」

「來買點東西。」付聲掏出三百大鈔付帳，「順便來瞧一瞧某個人現在的落魄生活。」

「我過什麼日子還不需要你來多管閒事。」

「的確不關我的事。」付聲冷漠道，「只是你現在活得還不如一個死人，讓我看得不爽罷了。當初死的怎麼不是你？」

「……我比你更想知道。」面對惡毒的話，陽光卻沒有生氣，心裡只覺得有些煩躁。

他不想再看見任何與搖滾有關的人或事，眼前這個傲慢的傢伙尤其讓他討厭。

「找你零錢五元，收好。」

陽光將零錢扔給付聲，一邊關上收銀臺，一邊道：「我的換班時間已經到了，恕不奉陪。」

付聲站在收銀出口看著陽光走遠，嘴角掛著一抹冷笑。

嗯，手中提著的兩個大塑膠袋，似乎不是很搭這個笑容。

從員工更衣室走出來，陽光鬆了一口氣。今天的事實在是夠讓他氣悶了，已經好久不會再想起來的人與事，還有那已經被埋葬的記憶，又再次造訪了他。讓他如墜夢魘般，無法逃脫。

「真是個喪門星。」低聲詛咒了某人一會，陽光穿上外套，準備從超市的員工出口離開。

才剛走到門口，他就聽見門外一陣喧嘩。

「不要，那是我的，最後一根了，你給我還來！」一個少年咬牙切齒的聲音。

回應他的是另一個人得意的腔調：「先拿先得，誰讓你手腳不俐落？」

走近一點，陽光看見兩個一高一矮的人影，正站在出口打鬧個不停。他莫名地覺得那兩個人有些眼熟。

隨後一個人的聲音，證實了他的猜想。

「不要鬧了，給我安靜點。」

一句話就穩住兩個潑猴的，除了付聲哪還有第二個人。

「買東西給你們不是讓你們來幫倒忙的，給我守好了。」

「Yes，SIR！」

「呿。」嚴歡不樂意地低哼一聲。

「你有什麼不滿嗎？」付聲斜眼看他。

「沒有。」有錢的是大爺，吃人嘴軟、拿人手短，這點道理嚴歡還是懂的。

他有些興致缺缺地放下了和向寬爭搶的巧克力棒，突然瞥到門內有一道人影正在默默退開。

嚴歡立即大喊：「人就在那！快點抓住他，上！向寬！」

向大鼓手一個虎躍，竄進門裡牢牢逮住正準備開溜的陽光。

「幹得好，向寬。」嚴歡鼓掌，「獎勵一根骨頭！」

「去你的。」向寬好笑道，「別把我當狗誇！」

糟了，糟了。陽光使勁掙扎，可他哪是天天賣力打鼓的向寬的對手，被制得牢牢的，動都動不了分毫。見形勢不如人，陽光索性就放棄逃跑了。

他看著像閻王一樣越逼越近的付聲，沒好氣道：「你究竟是來幹什麼的？耍人很好玩嗎？」

「不好玩。」付聲眯了眯眼，「但是看你這個膽小鬼出洋相，倒是很有意思。」

「你——！」陽光怒瞪。

「冷靜，冷靜。」向寬勸和道，「付聲你有話好好說，別把氣氛弄這麼僵嘛。當然，膽小鬼那個詞我贊成，不反對。」

付聲得意地笑了笑。

一旁，嚴歡看著臉色陰沉的陽光，還有明面上在幫忙，實際上故意搗亂的向寬。良久，無奈地嘆了口氣。

這群成年人，事到臨頭，還不如他一個未成年人成熟。

他走上前，對著陽光道：「其實，我們是有正事找你。」

陽光收回瞪著付聲的視線，看著站在自己眼前的高中小鬼。

「就用這種方式？」

「逼不得已嘛。」嚴歡笑，「誰叫你躲得跟像隻烏龜，要見你一面難如登天。不過，先說正事吧。向寬，鬆開他。」

向寬不大樂意地鬆開了，「跑了我不管啊。」

「三個人還看不住一個？」付聲冷哼。

被鬆開後，陽光活動活動有些痠疼的筋骨，問：「什麼正事？」

嚴歡看著他，「先把你的手伸出來。」

「啊？」

「別問，你先伸手再說。」

處於弱勢，陽光只能暫時服從。他伸出右手。

「兩隻！」嚴歡又道。

陽光有些納悶，但還是像犯人一樣，將雙手攤開在他面前。

然後，只見嚴歡也伸出手，他在陽光的兩手上摸了摸，半晌，又摸了摸。

陽光只覺得渾身的寒毛都豎起來了，他連忙收回手，用詭異的目光看向嚴歡，「你幹什麼！」

嚴歡卻是幽幽一嘆。

「沒有啊，真的沒有。」

付聲早有所料，不屑道：「我就知道沒有。」

他們在說什麼？

母親的手，會有細細的傷痕，並有些粗糙。

這是她在為愛人與孩子們準備午飯時某一次的不小心劃傷，這是她在彎腰擦去家具上的灰塵時，做了太多摩擦而生出的褶皺。

父親的手，大而寬闊，有著深深的溝壑，就像平坦大地上一道道坎坷的淵。

這是他在為家人遮風擋雨時的傷痕，這是他辛勤工作時，每一次握拳每一次鬆開所留下的痕跡。

手上的痕跡，都是愛的印跡。

至於樂手，他們手上的痕跡就各有不同了。樂手和搖滾摩擦，在火花外產生的就是手上的繭。這些繭各司其職，乖乖地待在各自應該在的地方。

吉他手的繭，集中在手指末端，離心臟最遠的地方。他們用指尖波動旋律。

貝斯手，大同小異。

鼓手們？他們手上也會長繭，大多在關節處。不過比起手上長繭，鼓手們最受折磨的地方，倒是那兩塊屁股蛋……

話歸正傳，老繭這種類似榮譽證書的東西，也是象徵著樂手辛勤與汗水的動章。長期下來便與雙手磨合成一體，再也無法將兩者分開了。

而此刻，在陽光的手上，嚴歡摸到了一些硬塊。

不過，卻不是練習貝斯產生的繭，只是搬運重物和長時間體力勞動產生的繭。

這已經不是一雙屬於貝斯的手了。

嚴歡心中有些失望，不過付聲卻像早有預料，一點都不意外。

陽光聽懂了他們在說什麼，猛地把手抽回來，看著嚴歡沒好氣道：「哪裡來的喜歡多管閒事的小鬼？」

「那邊來的。」

嚴歡指了指路口的六〇六路公車站，「不過我不是小鬼，再過半年我就滿十八歲了。然後就可以光明正大地離家出走，做自己喜歡的事情。」

「咳咳……」向寬咳嗽了幾聲，面色有些古怪道，「說正事，說正事。」

「你長到十八歲就是為了離家出走？」陽光好笑道，「你腦子是不是有問題，還是現在的小鬼都像你這麼叛逆？」

「我的腦袋很正常，只是想自由地玩搖滾而已。」

「玩搖滾？現在的新人都是像你這樣的傢伙嗎？」陽光嗤笑，「那搖滾還真是沒有什麼前途了。我勸你趁早離開這灘爛泥，否則，早晚會被它吞噬得乾乾淨淨。回家去做一個乖孩子吧，小鬼。」

「那你呢？你為什麼不回家，而是一直躲在外面？」嚴歡問，「要不是付聲有線索，我還找不到你呢。」

陽光憤懣地瞥了一眼站在一旁不說話的吉他手，「你找我做什麼？我可不記得有欠你錢。」

「當然是找你入團！當我們的貝斯手！」嚴歡毫不掩飾，大聲道。

「……我好像有點胸悶。」陽光後退一步，深深吸了一口氣，「剛才是不是幻聽了？」

「我也希望是幻聽。」向寬附和道，「然後我就可以帶這兩個傢伙趕快閃人。」

「別逃避了。」付聲從一旁插嘴，「這個傢伙就是這麼直接。他說想要你入團，也就是鐵了心。」

「難道只有我一個人想嗎？」嚴歡不滿道，「如果不是你也有這個想法的話，為什麼會來找這個傢伙？」

付聲輕哼一聲，沒有說話。

看著這兩個人鬥嘴的樣子，陽光先是深呼吸幾下，隨後輕笑。

「拉我入團？你？」他看著嚴歡，「先不說你是怎麼會有這麼一個荒謬的想法，你有沒有問過我的想法？」

「你的想法，你是怎麼想的？」嚴歡像是恍然大悟，眨著眼睛問道。

「當然是，不！」看著嚴歡那雙無辜的大眼，陽光狠狠拒絕，他現在只想徹底磨滅掉這小鬼的期待，所以用盡狠話，「我已經不會、不再、永遠不接觸搖滾了！永不，你明白嗎？」

「我明白。」嚴歡像是有些失落地點了點頭。

陽光剛要鬆一口氣，只聽嚴歡又道：「你有什麼條件？」

幾乎一口氣嗆在胸口，陽光回過神來，大聲道：「我的意思是無論如何都不可能進你的樂團，我不碰這該死的玩意了！」

嚴歡說：「我明白，明白。你有什麼條件，儘管開口吧。」

「都說了沒有！」

「只要是我力所能及的……」

「你聽不懂人話嗎？」

「當然如果你的要求太離譜的話，我也沒有辦法。所以說，你就提一個在我能力內，我最起碼還可以完成的要求，嗯，OK？」嚴歡睜大眼睛，期待地看著陽光。

「……」陽光轉身，「這小鬼聽不懂人話嗎？」

「哈哈，我想……他現在是聽不懂。」向寬一邊忍笑，一邊心道，而且也不想聽懂。

在陽光快要發飆前，嚴歡又道：「當然，我知道想清楚條件需要一段時間。那麼，在你提出要求之前，我們會每天都來找你。等等，要是又一不小心就弄丟人了怎麼辦？」

站在旁邊的付聲道：「弄丟了可以再找。」

「但是要是找不到怎麼辦？」嚴歡問。

「找不到？」付聲一笑，「那就拜託朋友去找。」

「你認識很多朋友嗎？」

「不多，但是用來找一個『弄丟』的人足夠了。」

聽著這兩個人一唱一和，陽光只感覺頭大，「停，停！夠了，我可以提個要求，只要你們別再煩我。」

「完成要求後，你就會加入我們？」嚴歡興奮地問。

「完不成要求，你們就別再來找我。」陽光冷冷道。

「可以，不過你最好別太離譜。至少像這個傢伙一樣，提一個還在人力範圍內的。」嚴歡指了指付聲，「你的身價不會比他還高吧？」

陽光隨著他指的方向看向付聲，不可思議道：「你不會已經——？」

「不，我會。」付聲道，「我的要求已經被這個小鬼達成，現在我是他的所屬物。」

他頓了頓，又道，「至少是他的樂團的所有物。」

陽光目瞪口呆，「那，夜鷹呢？」

「你不在的這幾年，已經有太多改變。」付聲看著他，「有的人忙著去生，有的人忙著去死，只有你還留在原地。

「你不能永遠停在兩年前，止步不前。」付聲對陽光道，「至少提個要求，給你自己和這個小鬼一個希望。」

「……好吧。」

陽光不知想起了什麼，聲音低啞了一瞬，不過下一秒他抬頭看向嚴歡時，那眼裡只有滿滿的戲謔。

「我衷心希望你可以完成這個要求，小鬼。」

「嚴歡。」嚴歡糾正道，「至少你得記住你未來團員的名字。」

「好，嚴歡。」陽光帶著一抹不懷好意的笑容，「聽好了，我的要求就是……」

半個小時後，嚴歡吸著鼻涕，站在獵獵寒風中。

「你們這些老傢伙，都這麼愛折磨人嗎？」

「這可不關我的事，嚴歡。」向寬連忙為自己洗清嫌疑，「我一直都是站在你這邊的。」

嚴歡用鼻子哼了聲，不置可否。

「這是你自己的樂團，你自己的事。」付聲在一旁冷眼旁觀，「不要指望別人幫你。」

「我沒有指望某個自大的孤僻的傲慢的吉他手會幫我。」嚴歡哼哼，「我只是奇怪，為什麼你們這群所謂天賦異稟的傢伙，提的要求都這麼千篇一律！」

他背著吉他，站在寒風凜冽的街角，悲憤地指著寥寥無人的街頭。

「上一次是要我一個新人在酒吧駐唱，這一次竟然要我街頭賣藝！你們這是虐待未成年人！」

付聲冷哼，「搖滾可不管你有沒有成年。」

「是啊，它和你們一樣也不管我會不會凍死。」又吸了一下快流出來的鼻涕，嚴歡認命道，「希望明天早上的新聞不是『離家少年凍死街頭』。」

「這溫度還凍不死人。」付聲雙手環胸，「時間不早了，快點開始，別忘記你只有兩個小時的時間。」

「惡魔，惡魔……」嚴歡一邊嘀咕著，一邊打開琴盒，拿出吉他。

這是陽光的要求，要嚴歡在晚上十點之前，在這冬天的街頭憑藉他自己，吸引至少兩百個聽眾。

冬天，這麼冷的天氣，誰會大冷天的上街?!

嚴歡一邊腹誹著，一邊無奈地背起吉他。

「我該唱一首什麼好呢，John？」外面的人都不可靠，嚴歡現在只能向老鬼求救。

「什麼歌能夠一下子吸引兩百個人過來？」

「你在做夢吧。」老鬼嘲諷道，「一下子吸引兩百個人，不可能。而且這又是一個搖滾荒漠般的國家，如果是在其他地方，我倒可以讓你試一試幾首歌曲，不過這裡，我懷疑有幾個人聽過它們。」

「那豈不是沒救了？」嚴歡絕望道。

「不，即使是搖滾的荒漠，但也不是音樂的荒漠。」John道，「記住我說的，好的音樂可以打動任何人。」

嚴歡看著街上寥寥無幾的行人，看著他們下班後臉上的疲憊和周身的寒冷。

「我想到我該彈什麼了，John。」

一首溫暖的歌。

寒風迎面而來，如刀割一般刮在臉上。

偶爾來往的人臉上，也滿是疲憊與辛勞。他們踏著匆匆的腳步，在寒冷中前進，或者是回去與家人團聚，或者是獨自一人的寂靜。

在一天的勞累、在與生存拚搏結束後，這是屬於所有人的普通夜晚。

嚴歡擺好吉他的位置，開始撥弦。

手指幾個輕鬆的跳躍，在弦上撥動著一陣輕盈的旋律。

噔噔噔噔，噔噔，噔噔——噔噔噔噔。

吉他富有節奏的幾個熟悉的小調結束後，嚴歡啟唇，輕唱。

「**在我心中，曾經有一個夢。**」

少年人清澈的嗓音在冬夜裡傳得很遠，瞬間就竄進所有人耳中。

「**要用歌聲讓你忘了所有的痛。**」

熟悉的旋律，熟悉的曲調，剎那間抓住了人們的心弦。就連付聲和向寬也沒想到嚴歡會選這一首歌開場，一下子都愣住了。

而嚴歡只是低著頭，專注地彈著吉他，唱著歌。

「**燦爛星空，誰是真的英雄，**

平凡的人們給我最多感動。」

這是一首很老的歌曲，也許在平時聽來，你甚至會覺得它有點過時，是老氣的一首歌。

然而那簡單平凡的歌詞，卻在這個寒冷的冬夜，打動了人們的心。

這是新年即將到來的一個冬日夜晚，滿身疲倦、奔波在人生之路上的旅人們，從這個街角走過的時候，都聽見了這個少年的歌聲。

或許它不是那麼成熟，或許它還伴著寒冷的顫抖，但是其中的情感卻快要滿溢得從心中漲了出來。

「**再沒有恨，也沒有了痛，**

但願人間處處都有愛的影蹤。

用我們的歌換你真心笑容，

祝福你的人生從此與眾不同。」

伴隨著清亮的吉他音，嚴歡的歌聲在空中打了個旋，傳到人們的耳中。

街頭正等著紅燈的女孩，停止了搓手，詫異地向街對面的嚴歡看了過來。

一個叼著菸、在站牌下等車的中年男子，也微微側目，抬起頭看著歌聲傳來的方向。

紅燈在閃爍，菸頭的光芒也一明一滅，嚴歡的歌聲還在繼續。

「**把握生命裡的每一分鐘，**
全力以赴我們心中的夢，
不經歷風雨，怎麼見彩虹，
沒有人能隨隨便便成功。」

在微弱的街燈下，嚴歡彈著他的吉他，在僅有的幾個觀眾的注視下，專注地唱著這首歌。

什麼是音樂？什麼是好歌？

不是無病呻吟的歌詞，不是低吟靡靡的旋律，而是無論在哪個時刻，它都能輕而易舉地打動你，彷彿吹進心裡的一陣暖風。所以在今夜，嚴歡選了這一首歌，唱給所有冬夜歸家的人。

少年的臉色被凍得有些蒼白，路燈照在他身上，落下一道細長的影子。這個影子就和它的主人一樣，在這寒冷中顯得多麼卑微弱小，卻沒有退縮。

歌聲漸漸傳到更多人的耳中，紅燈亮起，菸頭熄滅，女孩錯過了過馬路的綠燈，等公車的中年人也忘記了上車。在公車停站擋住他的視線的時候，他甚至忍不住跨兩步湊過來，再繼續盯著嚴歡看。

不，是聽嚴歡的歌聲。

公車上下來了更多的人，在迎接車外的寒風之時，晚歸的乘客正準備抱怨幾句，卻被那清越的歌聲吸引了全部心神。

這時候嚴歡已經重複唱到：

「在我心中，曾經有一個夢，

要用歌聲讓你忘了所有的痛。」

上司的批評，工作的辛苦，生活裡的種種挫折和痛苦，在這個寒冷的冬夜中，這名少年似乎在用歌聲撫慰著他們。

別哭，別難過，正如歌詞所唱的，不經歷風雨，怎麼見彩虹？

「燦爛星空，誰是眞的英雄，

平凡的人們給我最多感動。」

再多的苦，再多的累，也都是值得的。當歸家時，家人為你亮起那一盞暖燈，當孤獨時，總會惦記著你的那一個人。無論在哪裡，苦累都不是永遠的，而熬過這些的人，才是真的英雄。

路人臉上的疲憊緩和了許多，僵硬的面容似乎都帶上了微笑。

平凡的人們，才是生活裡真正的英雄。

「把握生命裡每一次感動，
和親愛的朋友熱情相擁，
讓眞心的話，和開心的淚，
在你我的心裡流動。」

有些人開始移動腳步，向這個街邊唱歌的少年走來，不為別的，只為這撫慰了他們、送上溫暖的一首歌。

看著周圍逐漸聚攏的人群，付聲和向寬對視一眼。

我就說這小子沒問題吧！向寬用眼神示意道。

付聲掀了掀嘴角，沒有說話，但看向嚴歡的眼神卻溫和了許多。

唱到高潮的部分，一串擬聲詞，不知是誰先附和，所有聽眾都一起和著嚴歡的歌聲，一起輕哼了起來。

「啦啦啦，啦啦啦啦啦啦，
啦啦啦啦啦，啦啦啦啦……」

有男有女，有沙啞有纖細，不同的音色混在一起，聚齊成一股強大的力量。

像是一團篝火，被嚴歡這枚火星點燃了。

一個簡單的字，卻也有緩和有強音，合聲的人群不由自主地看著彼此，眼中帶著笑意。那快樂而輕揚的音調，彷彿隨著人們的合唱飛出了這深暗的夜色，升上天空，流連在雲端，徘徊不逝。

「**讓真心的話，和開心的淚，**

在你我的心裡流動。」

最後一句唱完，嚴歡抬起頭來。

圍觀的人群齊齊地為他送上掌聲，還有真心的讚美。

「小伙子，唱得不錯！」

「再來一首！」

嚴歡開心地抿唇笑了笑，他看到了這些人臉上的笑容，是因為他的這首歌而綻放出來的，這比任何讚美都更讓他高興。

這些路人不是專業的樂迷，他們甚至可能平時都不怎麼聽音樂。然而正因為這樣，自己的歌聲能夠打動他們，嚴歡心裡的快樂才更是無法掩飾。

「**得意什麼？雖然是你唱出來的，但是這首歌是屬於別人的，你的功勞頂多只**

有三分之一。」老鬼又不合時宜地來潑冷水了。

「是啊、是啊，我知道，我這也只是沾了前人的光而已。」嚴歡無奈道，「不過遲早有一天，我也會用我自己的歌，讓所有人都大聲笑出來。」

「哦，是嗎？」John 不置可否。

「你等著，會有那一天的。」

「我等著。」老鬼的聲音帶著一絲笑意。

「小帥哥，再來一首啊！」有觀眾忍不住地催促道。

嚴歡也連忙回過神來，打算趁熱打鐵，趁著大家都還有興致，吸引更多的人過來。

那麼，接下來唱哪一首呢？

看著圍攏在自己身邊的人，在他們的頭頂上，夜空遙遙地高懸著。嚴歡沒有比現在更快樂的時候了，他興奮得臉都有些通紅。

他在心裡對自己說，我要唱那首歌！

那首——《夜空中最亮的星》。

嚴歡已經再次開始撥弦，圍觀的人群一陣歡呼，期待地看著他。

歌聲再起，冬天的寒冷似乎都已經不見。

聚攏的人逐漸增多，而嚴歡已經唱了一首又一首。

付聲和向寬兩人已經不再站在嚴歡身邊，那裡已經擠得不留空隙。他們站在人群外，忙著數人數。

「九十八，九十九，一百，一百零一……一百二十三。」向寬數得一頭大汗，他對著那邊的付聲大喊道，「還有多久！」

付聲看了下時間。

「半個小時多一點。」

「還差八十個人啊，也不知道來不來得及。」看著被人群聚攏在最中間的嚴歡，向寬感嘆道：「沒想到他還真的做到這個地步了，不過只有半個小時，這次應該是來不及了吧。」

「誰說來不及？」付聲反駁，把向寬一把拉過來，耳語一陣。

「不是吧！」聽完後，向寬大驚，「這麼做要是被抓到了怎麼辦?!」

「俐落點別被抓到不就行了！」付聲瞪他一眼，「快點去。」

「為什麼不是你去！」

「我想的主意，當然是你去做。不服的話，有本事你先想出一個辦法。」付聲大魔王睥睨地看著向寬，像是在鄙視他的智商。

最終，向寬還是屈服於付聲的淫威，偷偷行事去了。

這兩個人在鬼鬼祟祟地謀畫什麼，嚴歡可是一點都不知道。

他此時已經連續不斷地唱了一個多小時，聲音都有些沙啞了。

正在停下一首歌準備休息的間隙，突然聽到有人驚呼。

「下雪了！」

所有人紛紛抬頭。

雪花飄飄揚揚，從黑色的夜空落下。細細柔柔的小雪花，一觸及到人們就化作一份溼意，消失不見。

白色的雪像是天賜的禮物，在這個寒冷的冬夜，降落到人間。

下雪了。

雪花紛紛揚揚地落下，像是雲朵灑下來的碎片。

「是頭皮屑吧，老天爺的頭皮屑。」

向寬站在角落，沒情調地抱怨著。

他聽付聲之命而來，在這裡做一些被逮到可能會下場很慘的事情——搬來附近建築工地的路障，堵在了這家超市的一個出口。還順便去拿了鍊條鎖，將路障牢牢地鎖在了出口處的鐵架上，鑰匙被他扔到不知道哪個地方去了。

現在，被堵住出路的客人，正在出口處聚成一團。

「怎麼出口被堵住了，還沒到關門時間吧？」

「誰啊？做這種缺德的事情！」

這下真的是草泥馬了。

向寬躲在暗處縮了縮脖子，只能慶幸這個出口沒有監控，同時默默承受著一干被堵住去路的人的咒罵。做這種缺德事，真的會折壽的啊。

超市的工作人員走來，可一時也無法解開鎖鍊，只能無奈地對購物的客人搖頭。沒有辦法，客人們只能放棄走這邊的出口，從附近的另一個小出口離開。

那是個平時不怎麼有人走的小出口，因為通道狹小而且又偏僻。不過這一次沒辦法，所有人只能向那邊湧去。而在那個出口的不遠處，就是嚴歡所在的街角。

看著人群慢慢散開，計謀得逞，向寬一邊在心裡低咒陰險的付聲，一邊雙手合十地心道：不是我的錯，不是我的錯，這也是情非得已啊。

被迫從另一個出口離開的人，心裡都堵著一口不順的氣，偏偏這邊的小出口還很狹窄，更是令他們心頭不快。可是走著走著，他們發現不對勁了。

走在前面的人怎麼變慢了？不對，這邊的街角怎麼那麼多人？

「哎，聽說了嗎？那邊街頭有個男生在彈唱耶！」

「唉？真的假的？」

「嗯嗯，長得還滿帥的！」

一群興奮的女人被吸引了過去。

有女人的地方也必定會有男人，一群抱著湊熱鬧心態的男人尾隨美女而去。

接著，因為好奇或純粹想圍觀的路人聚集在一起，嚴歡身邊的人越聚越多。

十分鐘後，大出口的路障雖然已經被超市的工作人員搬開，但是向嚴歡那邊趕去的人流並沒有因此減少。一開始或許只是好奇，然而隨著流言傳開，越來越多的人感興趣起來。

「聽說那邊有個男生在唱歌哦。」

「街頭賣藝?!」

「據說唱得不錯，要不去看看？」

向寬躲在暗處，興奮地數著人數。

「一百八十九，一百九，一百九十一……二百，二百零一！成功了，已經超過兩百人了！」他大喊一聲，不由自主地跳起來。

「是啊，看來是達成條件了。不過，這算不算作弊呢？」

「不算不算，當然不算。」向寬下意識地回答，猛地覺察到不對勁，一停，轉身。

陽光正站在他身後，雙手抱胸，似笑非笑地看著他。

「把超市的出口搞成這樣，你說要是我去告訴經理，你會有什麼下場？」

向寬冷汗直流，看著陽光的微笑，怎麼看都覺得他不懷好意。正在他不知該如何應付時，一個聲音從兩人身後插了進來。

「告訴經理什麼？」付聲走到向寬身後，「告訴他有個人站在門口幫你們看大門？」

見他明知故問，陽光指著身後剛剛被移開的路障，「不要告訴我這不是你們幹的？」

「這當然不是我做的。」付聲一本正經地回答。

向寬聽了在心裡狠罵，這小子，就知道撇清關係！

「哦？」陽光聞言，若有所思地看著他們，視線在向寬身上多停留了一瞬，「那麼，還會是誰做的呢？是這個鼓手？」

「這個嘛……」付聲手插著口袋，一步一步慢慢晃著，「我不知道。你說是他，有什麼證據嗎？」

「證據？證據當然是——」陽光剛準備脫口而出，就看見付聲慢悠悠地晃到了路障旁邊，拿出塊布，像是閒著沒事一樣擦了擦。

接著，又把上面的鍊條鎖擦了擦。

做完這一切，付聲好整以暇地將布扔到一旁的垃圾桶裡，回頭問：「嗯？證據是什麼？」

這個傢伙！

陽光被氣得肝痛。這個傢伙竟然當著他的面毀滅證據，把路障上的指紋都擦掉了！他從來沒見過哪個嫌犯像付聲這麼無恥，當著目擊者的面毀掉證據！

現在好了，以這兩個傢伙厚臉皮的程度，一定會死不認帳，說什麼都不會承認是自己幹的好事！

向寬偷偷朝付聲比了個大拇指，清了清喉嚨，故意大聲問道：「哎？時間快到了吧，現在有多少人了，阿聲？」

「兩百二三十個吧。」付聲漫不經心地答道，「也不是很多。」

「但是已經超過約定的數目了吧？」向寬又問。

「嗯，好像是。」

被這兩個不知道下限為何物的人刺激得臉色發青，陽光沒好氣道：「這個不……」

「不算？」付聲一記眼刀甩過來，「為什麼不算？難道這不是他憑藉自己的本事吸引的人數嗎？」

「就是嘛就是嘛。」向寬附和。

「難道那些人不是因為他的歌聲才聚過去的嗎？」

「就是啊就是啊！」

「難道有別人插手幫他表演了？」

「才沒有才沒有。」

付聲斜眼，看著陽光道：「你還打算不認帳。沒想到你失去的不僅是身為貝斯手的尊嚴，連做人的誠信這種東西都丟得乾乾淨淨了。」

「乾乾淨淨！」

聽見向寬像個鸚鵡一樣學舌，陽光實在是覺得這兩人有將自己活活氣死的本事。

「我……沒有那麼說。」

而且最不誠信的是面前這兩個人吧，他們還好意思說別人？

看著陽光無奈的模樣，付聲突然擺正臉色，低聲道：「難道，你就沒有被他的歌聲打動嗎？」

「……」陽光一怔，這個問題卻是無論如何都回答不出來。他想說沒有，但怎樣都開不了口。

一時之間，三人僵持住了。

「付聲！向寬！還有那誰誰！」

不遠處，嚴歡滿身大汗地從人群中擠了出來，對著他們招手，「任務完成了嗎？」

向寬大聲回他：「OK，完美達標！」

「你說什麼？我聽不見！」嚴歡身邊有太多的人聚集，他似乎有些困擾，「我們去那邊說！先離開這裡！」

說著，嚴歡已經一個人跑走了，身後竟然還有一兩個女孩子在追著。

向寬失笑，「這小子，倒是有點巨星架勢了嘛。」

好不容易甩脫了過於熱情的路人聽眾後，嚴歡總算找到一個僻靜的地方。他稍微喘了幾口氣，隨後，付聲幾人也趕了過來。

「那誰誰」正一臉不情願地跟在向寬身後。

「怎麼樣，條件達成了嗎？」嚴歡有些緊張地問道。

「達成了嗎？」向寬故意賣關子，「這其實是一個很嚴肅的問題，我們得從多方面的因素來考量。比如說剛才的氣候……」

「二百二十多個人。」付聲打斷他，「已經超過目標了。」

嚴歡一臉開心，「這麼說是成功了！」

他立刻轉頭看向陽光，「從現在開始，你就是我們樂團的一分子！」

「等等。」陽光連忙道，「我可沒有說一定會……」

「怎麼？」嚴歡一急，連忙上去拽住陽光的手，「難道你反悔，你不願意，你要賴?!」

「我……」

「冷靜一點。」拽著嚴歡的後領，付聲將他拉到身邊。

一手將還要繼續動彈的小兔崽子攬住，付聲看著陽光說：「一天。」

陽光一愣，「什麼？」

「給你一天的時間考慮，明天這個時候，你告訴我們答案。」付聲說，「無論你最後答不答應，過了明天，我們都不會再為這個來找你。世界上的貝斯手不是只有你一個，這個笨小子為你做到這個地步，已經足夠了。」

說完，他便要帶著嚴歡離開。

「等一下，為什麼明天才跟他要答案！不是說好了——！」

付聲沒耐心地捂住嚴歡的嘴，「跟我回家，小鬼。不然今晚喝西北風。」

嚴歡迫於威脅安靜下來，不過被提著走時，一直回頭可憐巴巴地看著陽光。

那眼神，就好像是被惡婆婆逼著和情郎分開。

陽光還有些回不過神，這情況反轉得太突然。

「付聲說得對。」這時，還沒走的向寬道，「嚴歡還是個小孩，他可以掏心掏肺為你付出，就因為他覺得你是一個好貝斯手。但是我們，可不會任由他傻傻地撞得渾身是傷。

「你再好好想一想吧，明天見。」

空蕩的巷子裡驟然只剩下陽光一個。雪還在飄落，一粒雪花突然落到脖子裡，很冷。陽光顫了一下，突然想起剛才嚴歡緊緊地抓著自己的手時，那傳遞過來的、屬於年輕人執著而強烈的溫度。

火熱的，彷彿要灼傷他。

02

#Pray it out

下週五見

嚴歡跟著付聲回去，在半路和向寬告別。

只剩下他和付聲兩人後，嚴歡想了很多，有些忐忑地問：「他會不會還是不答應？」

「誰？」

「還能有誰，陽光啊。如果他明天還是不肯答應入團，那怎麼辦？」

在前頭領路的付聲停都沒停一下，手插著口袋，繼續漫不經心地走著。

「那就換一個。」他道，「就像向寬說的，天下出色的貝斯手又不只有他一個。」

嚴歡還是有些猶豫，「可是我們好不容易才找到他，要是這麼簡單就放棄，感覺好像很不甘心。」

「沒什麼好不甘心的。」

兩人已經走到付聲的公寓樓下，一邊上樓，付聲一邊道：「如果他拒絕你，那麼要他這個貝斯手也沒用了。」

「嗯，嗯？什麼意思？」嚴歡一愣，趕緊追問。

可是付聲卻不再理會他，進家門以後，他將嚴歡一個人丟在客廳，自己回臥室休息去了。

留下懵懂的嚴歡，還在思索他剛才留下的那句話。

「還能有什麼意思？」John在他腦海內替付聲回答，「如果一個貝斯手拒絕了這次機會，那麼他就不再是一個合格的樂手。

「他的心裡已經沒有了對搖滾的信仰，這樣的人要來有何用？」

嚴歡若有所思，「意思就是說，如果拒絕了身為未來搖滾巨星的我的入團邀請，那麼陽光就等於是個沒眼光沒追求的人了。」

「如果你臉皮夠厚的話，也是可以這麼想。」John顯然對於嚴歡的厚顏無恥很有抵抗力。

不理會老鬼的嘲諷，嚴歡躺倒在沙發上。這一坐，渾身的骨頭都像是軟了一樣。今天一天實在是夠累了，先是跟著付聲去堵陽光，然後被陽光那個苛刻的條件逼迫得在寒冬黑夜的街頭賣藝。

這兩個小時下來，他覺得自己的喉嚨就像是沙漠裡的枯井一樣，都乾透了。直到現在，喉嚨口還是有一種怪怪的感覺。嚴歡輕咳了幾聲，突然想到一個嚴重的問題。

「為什麼我覺得最近這段時間我老是在唱歌，都沒怎麼練習過吉他？」

John敷衍道：「彈唱的時候不是也有練習嗎？」

「不一樣，那不一樣！彈唱的時候重要的是聲音。說真的，我有多久沒有靜下心來好好練一下吉他了？」嚴歡自我反省，「這樣下去，我都快迷失了我身為一名吉他手的本心了，太墮落了，太糜爛了，我可不想像陽光那小子一樣。」

「其實，你的吉他天賦比起付聲來差多了，等樂團正式成立的時候，主奏吉他手的位置肯定不是你的。」John苦口婆心，「比起吉他，你在主唱方面還更有天賦。我建議你專心投入主唱的工作。」

「John。」嚴歡的面色嚴肅，「你有沒有聽過一句話？」

「什麼？」

「不想成為吉他手的主唱都不是一個好樂手！」

「……那你繼續努力。」老鬼無語，「我期盼你有苦盡甘來的一天。」

勸說嚴歡專注於主唱的想法就這麼被擱淺了，John只能默默地看著嚴歡在奔向吉他手的道路上一去不返。前方，可還有一座名為付聲的高山橫立在他眼前。

不過嚴歡這個小鬼，倒是一點都不知道退縮為何物。這一點對於搖滾樂手來說，也算是一項優秀品質。

「對了，John。還記得上次我在房間裡，自己彈出來的那一段旋律嗎？」嚴歡突然問。

「記得，我說過，那會是你的第一首歌。」John答道。

「我現在很想儘快把它完善，反正今天晚上也睡不著了，不如我們一起合作，將完整的一首歌的旋律整理出來。」嚴歡道，「然後等到合適的機會再去填詞，這樣我也能擁有屬於我自己的歌了！」

「創作不是這麼簡單的事情。」老鬼一如既往地潑冷水。

「我知道，我當然知道。」嚴歡毫不氣餒，「但是我現在很有感覺，我有把握能創作出一曲滿意的歌！我正有靈感，此時不做，更待何時！」

「那你不睡覺了？」

「我根本睡不著！快點，趁靈感還沒有從我腦內飛走，我們趕快開始。呃……John，你還記得當時的第一個音調是什麼嗎？」

「……」

夜已深，不過這間客廳內的燈光卻一直沒有暗下去。

剛剛邁入搖滾世界的少年一直坐在沙發上，像是自言自語般不停碎碎念，在他懷裡，一把吉他被小心翼翼地撥動著。

嚴歡正沉浸在屬於自己的世界裡。

而在這個夜晚，城市的更多角落卻還是歡歌一片，熱鬧非凡。

酒吧此時正是熱鬧的時候，舞臺上的樂團演出一浪高過一浪，客人們聽得興致高漲的同時，也不忘互相交流著最新的情報。

「嘿，你們知不知道，最近離開夜鷹的付聲，又加入了一個新的樂團？」

「這麼快，是哪個樂團下手這麼快狠準？是『漫步者』，還是『不落的黑』？」

「都不是，聽說是一個毛頭小子新組的樂團。」

「噗，你騙誰呢？」

「貨真價實！我這消息可是從練習室的老毛那裡聽來的，千真萬確……」

吧檯的一側，一個聽到這段對話的男人緊緊握著手中的酒杯，力度之大，手背上都勒出了青筋。

「付聲……」咬牙切齒的聲音從他嘴裡吐出來。

男人再也坐不住了，結帳後便離開酒吧，還沒走出多遠，就掏出手機打了通電話。

「你好，楊經理是嗎？上次你說的事情，我這裡有一個推薦的樂團。

「嗯，是我們樂團之前的吉他手加入的新樂團。

「當然不是照顧老團員，雖然也有一點。不過這個樂團還是很出色的，畢竟是付聲在的樂團嘛。

「是的，我給你聯絡方式，你可以聯絡他們。

「不，不用謝，再見。」

掛上電話，男人嘴角掀起一個計謀得逞的弧度。

付聲，你這個總是高高在上鄙夷別人的傢伙！這一次，我一定也要讓你嚐一嚐苦頭。看看你進的那個小鬼樂團，究竟會怎麼被嘲笑譏諷！

你等著。

黑夜中，嚴歡的樂團還沒正式建立，就已經被人盯上了。當然，他們現在誰都不知道這些。

第二天一大早，付聲睡眼惺忪地從臥室裡走出來的時候，看見嚴歡正坐在沙發上。他心裡微訝，以為這小子一整晚都沒有睡覺。等到走近了，付聲才看清嚴歡是坐著睡著了。而且頭就快要靠到吉他上，一點一點的，像一隻打瞌睡的倉鼠。

看著這樣的嚴歡，付聲自己都沒有意識到，他嘴角已經帶出了一抹笑意。

他伸出手，正準備推醒嚴歡，讓他去好好躺著睡覺，眼睛突然撇到茶几上的幾張白紙。頓了頓，付聲隨手拿起看了起來。

一入眼，他就發現這是一首歌的曲譜。

幾秒鐘後，他的眉毛開始微微上揚。

一分半鐘後，付聲放下白紙，看著嚴歡的眼神就像在看一個新發現的寶藏。

有欣喜，有微微的狂熱，當然也有克制。

這個小鬼昨天一整晚都在忙這首新歌嗎？所以才會累到直接坐著就在沙發上睡著了。

本來準備推醒嚴歡的手，突然轉了個方向。

付聲微低下身，先將吉他從嚴歡懷中取出來放到一邊。再伸出雙手，從他腋下環過，一個用力，將嚴歡小心翼翼地抱了起來。

「唔……」嚴歡迷糊中哼了幾聲，睡得夠香，也沒有被付聲突然的舉措弄醒。

付聲將嚴歡抱著走到臥室門口，用腳踢開了門，進房間後，將嚴歡輕輕地放在床上，再替他蓋好被子。

看著因為躺到舒適的床上，不自覺地翻身打了個滾的嚴歡，付聲微微抿唇。

「今天就給你放個假，小鬼。」

他輕聲說著，然後退出房間，關上了門。時間已經不早，該是時候出發去找陽光詢問最後的答案了。

付聲不打算叫向寬一起，也把嚴歡丟在家裡睡覺，他準備獨自上門去找陽光。有時候，他一個人行動會更方便一些。

不過正在此時，付聲卻突然接到一通電話。剛接起時付聲還沒有什麼表情，可隨即，他的臉色變得十分冷漠。

聽著手機那端傳出來的聲音，付聲沉默了許久，回答：

「知道了，我們會去的。下週五見。」

嚴歡是被陽光晒醒的。

冬天的太陽雖然比不得夏日的火辣，但是當正午的日光直直地落在臉上，人也就被這份溫暖喚醒了。

他抱著棉被在床上坐起，想了好半天，都沒回過神來。

「我這是在哪？」

嚴歡看著有些陌生的房間，愣了半晌。

「不會是在付聲的臥室裡吧?!」

「不然呢，還會在哪？」老鬼道，「你睡著的時候付聲把你搬過來，還順便幫你蓋了被子。」

「他這麼好心？」嚴歡有些疑神疑鬼，「那他現在人去哪了，好像不在公寓裡？」

「你也不看看幾點了？」老鬼提醒他，「早就過了吃午飯的時間了。」

「糟了！」嚴歡一聽大喊，「過了中午，不就錯過和陽光約定好的時間了嗎？我怎麼把這個都忘了！」

他連忙從床上下來。

「不行，我得趕快去找他，不然那個傢伙又會反悔。」

「算了吧。」John道，「你去已經來不及了，指望你這個小鬼能辦好事情，天下所有的好樂手都跑進別人的樂團了。」

「什麼意思？付聲他們不都是我拉回來的嗎？」嚴歡不服氣道。

John只是笑笑不說話，不過這樣反而更加刺激到了嚴歡，少年人的年輕氣盛一下子就被激起了。嚴歡推開房門，就向外面走去。

「你等著，今天我要是不把陽光帶過來，我就、就……」

「就怎樣？」

「我就聽你的話，老老實實地去當一個主唱！哼哼。」

甩出幾聲鼻音，嚴歡大步走向門口，一把拉開大門正要外出。可頭才探出屋外，他就差點和一個人迎面相撞。

在鼻子觸及對方前襟的零點零一秒之前，嚴歡連忙緊急煞車，停下腳步。這個猝不及防的遭遇，讓他全身的反射神經都緊繃起來。

「要去哪？」

付聲手插在褲袋，低頭看著在門前暈頭轉向的嚴歡。他似乎是剛回來，恰巧就和嚴歡在門口撞上了。

「去找、去找陽光啊。」嚴歡有點暈眩，差點一頭栽進付聲懷裡，他有點小驚一下，「把他逮過來才對！不然又不知道要被那傢伙溜到什麼地方去了！」

「啊，那還真是遺憾啊。」付聲身後傳來一道熟悉的調侃聲，「可惜我這次沒有跑遠，還直接送貨上門來了啊。」

嚴歡瞪大眼，直勾勾地看著站在付聲身後的那個人。

「陽、陽光！」

「是我，你眼睛沒有花。」陽光好笑地看著拚命揉眼睛的嚴歡。

付聲看著嚴歡，「既然醒了，就別站在門口，我有事要說，回屋裡去。」

「哦⋯⋯哦。」嚴歡有些愣愣地應了聲，接著讓開，讓付聲和陽光兩個人都進了門。

「你一大早就不見人影，是自己一個人去找陽光了？」他問付聲道。

「一大早？」付聲冷哼，「對於某個睡到日上三竿的人來說，這或許是早上吧，不過外面的人午飯都已經吃完了。你的日子過得還真像某種哺乳動物。」

這種刻薄諷刺的話，嚴歡已經聽習慣了，絲毫不介意。

「那麼，陽光是答應入團了？不然他為什麼會跟你過來？」

付聲走到廚房，對著跟屁蟲一樣的嚴歡不耐煩道：「這話你為什麼不自己去問他？」

「對耶！」嚴歡這才反應過來，走回客廳。

陽光正好整以暇地坐在唯一的一張沙發上，絲毫沒有身為客人的拘謹。看見嚴歡走了過來，他抬起眸，指著沙發旁的吉他。「這是你的吉他，你住在付聲這？」

「算是吧。」

「同居？」陽光問。

「算是……」嚴歡很快想到，付聲當初約定的居住期限只有三天，而明天就要到期了。一時間把下半句話吞了回去，而是問道：「不說這些。我問你，你願意跟著付聲到這邊來，是答應加入我們的樂團了嗎？」

「算是吧。」

「不能再反悔了！」

「算是吧。」

聽見陽光用和自己剛才一摸一樣的話來回答，嚴歡有些氣惱，「你就不能好好說話？」

「那麼，我就好好回答你。」改掉一臉不正經的樣子，陽光坐直，正色道，「願賭服輸，我答應加入你的樂團。」

嚴歡喜上眉梢，然而笑意還沒有保持一秒鐘，又聽見了陽光的下一句話。

「不過只待到我想待的時候為止，我什麼時候要離開，你們都不能再阻攔。」陽光道，「這就是唯一的條件。」

「你還想要離開？」嚴歡不樂意了。

「那些以後再說，只問你願不願意做這樣的約定。要是不願意，我現在就可以走。」陽光說著，還真的要起身離開。

嚴歡連忙拉住他，連聲道：「OKOK，我答應！到時候再說、到時候再說。」

這麼說著，他心裡卻在想，人都留下來了，還想再跑，沒門！

陽光看著他臉上根本藏不住的想法，心裡好笑。不過，他也沒有去戳穿嚴歡，畢竟他心裡也是另有打算，到了不得已必須離開的時候，無論怎樣他都不會再留下。

而現在，看著一旁的吉他，又想起了昨晚嚴歡的表現，陽光想，再試著去接觸搖滾、接受屬於這個少年的搖滾，未必是一件壞事。

這時候，付聲從廚房走出來，他似乎剛打完一通電話，收回手機對客廳內的兩人道：「等等向寬也會過來，你們先準備一下。」

「準備？」

「準備什麼？」

嚴歡和陽光齊聲問道。

「磨合，各種磨合！」付聲冷冷道，「尤其是陽光。你有多久沒有碰貝斯，就要花十倍的功力再把它練回來。」

「磨合是需要磨合，但也不能急於一時。」陽光有些不解，看著付聲，「你為什麼這麼急？」

付聲沒有理他，只是側頭又看向嚴歡。

「現在基本的人員已經齊了，你有沒有想好團名？」

「團名、團名，樂團的名稱？」嚴歡反應過來。

「樂團到現在都還沒有定名？」這是剛剛得知真相、訝異的陽光。

面對付聲和陽光咄咄逼人的目光，嚴歡哈哈一笑，支吾道：「這不是準備等人找齊了，再慢慢想嗎？」

「可沒有時間給你慢慢想了。」付聲皺眉，「給你一天去想團名，然後到我這裡備用通過。」

正說著，門鈴聲響了起來。應該是向寬到了，付聲走過去開門，一邊還不忘道：「今晚之前，必須想出來！」

嚴歡哀怨地看著付聲去開門的背影，低低呢喃一句：「暴君。」

「的確是有暴君風範。」陽光附議道，「不過我覺得他對你已經夠好了。」

「啥？這還叫好？」嚴歡像見鬼一樣看著他。

陽光神祕一笑，不多語，「最起碼在兩年前，他可沒對誰這麼有耐心過。你已經是很特殊的一個了。」

「是嗎？」

嚴歡還在懷疑陽光的說法，那邊，付聲已經領著向寬進了屋。

「呦，人都到齊了啊。」

向寬一進屋，看見陽光就笑嘻嘻道：「連昨天還不情願的那個誰也到了啊。」

陽光笑咪咪地作答：「是啊，總不能比屁股長在凳子上的鼓手還要慢吧。」

鼓手因為總是坐在長時間坐著演奏，屁股難免有難言之隱。陽光這是借機來譏諷了。

一時間，他們兩人微笑相望，刀鋒劍影隱於無形之中。

「好了。」付聲往前一步，擋在他們兩人之間。「既然人都齊了，那就說正事。」

所有人都齊齊地看向他。

「我要所有人在一個禮拜之內，練習到可以登臺表演的程度，並且至少準備三首原創歌曲。」付聲搶在有人發表意見之前道：「不接受反對意見。」

這次連向寬都驚訝了。「為什麼這麼急？」

付聲沉默幾秒，才道：「今天早上我接到一通電話，得到消息，我們可能會去參加草莓音樂節。」

語畢，除了仍在狀況外的嚴歡，其他兩人都是目瞪口呆。

「我們！」向寬指著自己這邊幾個人，「去參加草莓音樂節？」

「還不一定，因為對方只是發了參加預選的邀請過來。」付聲道：「不過既然我接下了，就不允許失敗。這次音樂節無論如何，都非參加不可。」

他說著，目光轉向嚴歡。

「想要證明你的樂團不是玩票性質，就在這裡證明給所有人看。」

嚴歡雖然不明狀況，但也覺得應該是在討論什麼嚴肅的事情。被所有人放在壓力的頂端，感覺很不好受，不過他也不想退縮。

「我當然會證明，無論如何。」嚴歡直視著付聲的目光，兩人的視線交纏了那麼一瞬，隨即，付聲轉頭看向其他方向。

「因為時間不多，從現在開始，必須把握所有的時間磨合各人之間的默契。還有原創曲的問題……」

「等等，我有一個問題想要問。」嚴歡舉手，「這個草莓音樂節，究竟是什麼東西啊？」

音樂節。

全世界各地，各個國家，每年每月每日，都有不同的音樂節。夏季狂歡音樂節、耶誕音樂節、紀念某位逝世巨星的音樂節，以各種名目各種舉辦的音樂節成千上百。

它們被冠以各種各樣的名稱，各式的花樣，然而即便如此，屹立在這無數音樂節之巔的仍然只有一個——胡士托音樂節。

這個自上世紀六〇年代建立起來的音樂節，橫跨了半個世紀，至今它的名聲依舊經久不衰。

太多的傳奇在這裡升起，也有太多的星星在此墜落。

胡士托，這個名字和搖滾一同創造了奇跡。

然而現在談論的不是這個已經快成為傳說的胡士托音樂節，而是國內一個新型的音樂節——草莓。

它的名字是怎麼而來的，付聲沒有去考究，他是這麼對嚴歡解釋的：

「一個很多蠢貨站在臺上唱歌，有幾個蠢貨不是那麼蠢的蠢貨節。」

聽付聲一口氣說完，嚴歡愣住。

「沒聽懂。」

向寬看了付聲一眼，嘆了口氣，把嚴歡拉過來說道：「你過來，別聽他亂講，我來跟你解釋。」

草莓音樂節，是近幾年才正式成立的一個搖滾音樂節。

所謂音樂節，大致就是搖滾愛好者齊聚一地，欣賞來自各地的搖滾樂團的表演。

當然，人多的地方就有陰謀、有糾紛，每一個音樂節背後也都有很多不為人知的故事。並且，每個去參加音樂節的樂團水準不一、性格不一，簡直就像個大雜燴。有好肉，也有壞了一鍋粥的老鼠屎。

「付聲這個傢伙，天生就和音樂節不對盤，你別理他。」這麼解釋了一番後，向寬拍著嚴歡的肩膀，語重心長道：「如果能參加，這絕對是為樂團打響名氣的最好機會，千萬不能錯過啊，嚴歡。」

「瞭解。」嚴歡點了點頭，回頭對付聲道：「所以，我們是要去參加這次的音樂節嗎？」

「不是參加，是備選參加。」付聲冷哼一聲，「一個禮拜後要經過評選，過了才有資格參加。」

一直沒有說話的陽光突然吭聲了。

「為什麼這麼急？」他看著另外三個人道，「明明樂團都還沒正式成立，怎麼就這麼急著去參加音樂節的評選？喂，付聲，心急吃不了熱豆腐，你可不要揠苗助長了。」

「不是我報名的。」

「啊，什麼？」

「我說了，是別人向主辦推薦我們，才讓樂團進了評選名單。」付聲道，「而選中我們的原因，是因為這個樂團的吉他手是我。」

「……哈、哈哈，你不是在開玩笑吧？」陽光臉色突變，向寬的神情也陰了下來。

「怎麼了，不好嗎？」嚴歡摸不著頭腦，「付聲本來就有名氣，因為這個選中我們也沒什麼不對啊。」

「傻小子！你還不明白嗎？我們這是被人坑了。」陽光苦笑道，「如果是付聲有先準備好，然後替我們報了名還好說。可在這種毫無準備的情況下，甚至連自創歌曲都沒有，就要去參加國內數一數二的音樂節評選。到時候萬一失敗，那麼恭喜你，嚴歡，樂團很快就會名揚全國了——以一個九流樂團的名聲被永遠恥笑。」

「這是被人陰了。」向寬狠狠磨牙。

付聲沉默著，沒有說話。他大概能想到，是誰搞出了這樣的手段。

正在所有人都陷入沉默的時候，嚴歡卻突然說話了。

「不好嗎，為什麼你們一定就只想著失敗？」

他睜大眼睛，看著另外幾個人。

「向寬你剛才也說了吧？只要抓住這次機會，我們就能一下子在全國打響名號。我們不是應該好好感謝那個推薦我們的人嗎？」嚴歡笑了，「要不是他，我還要苦苦想辦法，看怎樣才能讓全國的樂迷認識我們。現在，機會就在眼前，有什麼好害怕的？」

「你想得太簡單了……」

「太簡單！」嚴歡反駁，「那麼你說，什麼才不簡單？就這樣認命，隨便人家陰？還是索性來個絕地反擊，去草莓音樂節上一鳴驚人，狠狠扇對方一個耳光。要是你，你怎麼選？」

陽光頓住了，「但是，沒有原創曲。」

「誰說沒有的？」嚴歡笑了，說這句話的時候鼻孔都快朝天了。他得意洋洋地把手伸向桌子，準備拿起什麼。

「看好了，這可是我昨天熬了一整晚，好不容易才做出來的絕世佳、佳——」

摸了摸，什麼都沒有摸到，嚴歡回頭看向桌邊。

那裡空空如也，並沒有昨晚他嘔心瀝血才寫好的曲子。

熱血幾乎一瞬間就湧到了頭頂，嚴歡欲哭無淚。

「我的、我的……」

「你的什麼？」付聲瞇眼問。

「我寫好的曲子不見了。」嚴歡幾乎要淚眼汪汪。

「沒事沒事。」向寬連忙安慰他，「只要腦子裡記住了，底稿丟了沒什麼。」

「可重點是……我記不住啊。」嚴歡淚流，「我只記得幾個片段，完整的順序是磨了好幾遍才定下的。可是我現在記不住旋律的順序是什麼了。」
「為什麼不記住？」付聲揚眉看他。
「因為反正都寫在紙上了，懶得記啊。」
嚴歡沮喪地低著頭，然後一張熟悉的白紙突然出現在他面前。
付聲伸著手，把紙交到嚴歡手裡。
「下次，自己的東西記得收好。」
嚴歡一把搶過來，抱怨道：「你拿走了為什麼不直接告訴我，害我擔心半天？」
付聲不屑，「你應該慶幸我沒有把它當垃圾扔了。」
嚴歡哼了一聲，對一旁的向寬和陽光道：「原創曲，這裡已經有了一首了。」
「你寫的？」陽光懷疑。
「我寫的。」
「實力行不行啊？」向寬懷疑。
「還、還行吧。」嚴歡突然有些沒底氣，畢竟這曲子還只有他和 **John** 兩個看過，其他人看了以後會有什麼想法，他也沒有底。
「可以。」正在此時，付聲突然出聲道，「我看過了，是會讓我想要彈奏的一首曲子。」

「……」向寬目瞪口呆，看著面無表情地說出這番話的付聲，然後猛地拍打嚴歡的肩膀。

「你行啊！能讓付聲這麼表揚你，天才啊天才！」

「說真的，認識他這麼久，我還沒見過他對自己的創作曲以外的曲子表達過這麼高的評價。」陽光也在一旁附和，「很有前途。」

「這是表揚，難道不是譏諷嗎？」嚴歡有點不確信。

「對於付聲來說，能夠這樣認可你的曲子，已經算是表揚了。」向寬勾著他的肩膀，「那麼，剩下的幾首怎麼辦？」

「這個不用擔心。」付聲不理會他們對自己的調侃，「我之前有幾首作好的原曲，可以從裡頭挑選。不過，現在有一個最關鍵的問題。」

「是什麼？」向寬問。

「我們之間的磨合度？」陽光問。

然而付聲卻沒有理會，視線越過這兩人，直接看向嚴歡。

「在準備練習之前，要把你的個人問題處理好，嚴歡。」

「啊，什麼？」嚴歡一呆。

付聲正色道：「我剛才打了通電話給你父母，下午兩點鐘，在樓下咖啡館見個面。」

「什、什麼？」

嚴歡徹底呆住了。

付聲難得有耐心，又解釋了一遍。

「下午兩點，我，你，你父母，在咖啡館見面。」

說完，付聲又壞心眼地加了一句：「見家長，不見不散。」

付聲的公寓位於中檔的住宅區，附近就有咖啡館、餐廳或其他娛樂場所。平時，會有一些出入住宅區的白領，或者休息的一家三口去這些餐廳消費。不過，在這裡住了快三天，嚴歡倒是第一次到這附近的咖啡館來。尤其是，還是被付聲領著去見他父母。

這聽起來有一種格外荒誕的感覺。

直到付聲將他領到一家咖啡館門口，嚴歡突然止住腳步，有些猶豫不前了。

付聲推開門，不見他跟上，挑眉問：「不來？」

「呃，讓我再想一想。」

「那樂團的事情我也再想一想好了。」付聲斜眼看他，「趁正式成立之前，想一想要不要加入這支團長是膽小鬼的樂團。」

「誰說我是膽小鬼?!不，等等。」嚴歡下巴都快掉下來了，「你剛才說誰是團長？還有，我說過不准你再反悔了，現在後悔也晚了……」

「你到底進不進去？」

「……我進。」

在付聲的威逼利誘之下，嚴歡還是乖乖地跟著他進了咖啡館。

在路上，他已經做好各種心理準備了。不過，當他抬眼看見坐在一個角落位置的的父親時，心臟還是忍不住停跳一拍。

在嚴歡正萬分緊張、動彈不得的時候，付聲已經走上前去打招呼了。

「你好，嚴先生。」

嚴父抬頭，上上下下打量了付聲好一會，才點一點頭。

「你就是付聲，想讓嚴歡在你那邊打工？」

打、打工？

嚴歡詫異地看向付聲，只見平時為人冷漠的付聲，此時對於嚴父竟難得地表現出一副耐心的態度來。

「說是打工，不如說是實習。我們算是一間音樂工作室，暫時需要一些打雜的後勤，正好嚴歡對這方面有興趣，所以才邀請他過來實習。」

「他還沒滿十八歲！」

「再過一個多月就滿了吧？到時候我們會和他簽訂正式的勞動契約。」付聲說得頭頭是道，把一旁的嚴歡聽得是目瞪口呆。

音樂工作室，實習生，契約？這是什麼跟什麼啊？

可是就在他一個人困惑的時候，另外兩人根本就沒有理會他，而是自顧自地繼續交談。

「我不懂搞音樂是怎麼回事，不過這種東西很容易虧本吧？你要怎麼保證你們工作室就一直能盈利，還要雇用像我兒子這樣沒用的員工？」嚴父幾乎是嚴苛地說道。

付聲挑了挑眉。

「關於我們工作室的能力問題，嚴先生你不需要擔心，我們另外還有一間樂器行，日常贏利最起碼能保證不虧損。」說著，他將一張名片遞了過去。

嚴歡眼尖，一眼就看出那是向寬工作的那家樂器行的名片。付聲這傢伙不知道什麼時候抽了一張過來，還光明正大地說成是自己的所有物，真是撒起謊來眼睛都不眨一下！

嚴歡不由得更佩服這位人才了。

「還有一點。」付聲此時又道，「關於嚴歡的才能，嚴先生或許你不清楚，但是作為他的工作伙伴，我們都很重視他的能力，所以才會在這麼多人當中選中了他，這一點請你不用懷疑。」

這是嚴歡第一次聽見付聲當面說自己好話，不說是他，就連他父親也似乎對這個讚揚自己兒子的人很是詫異。

不過，盤問並沒有就此停止。

「你們工作室的工作地點在哪？

「有幾個員工？

「平時的工作是什麼？」

連續問了好幾個問題，付聲都對答如流，沒有露出一絲馬腳。他如此應對如常的表現，不由得讓嚴歡懷疑，他們是不是真的準備開一家音樂工作室，而不是去玩搖滾了。

直到最後，嚴父似乎才放下了戒心。

「下個月就要簽正式契約，那麼嚴歡的學業怎麼辦？他高中都還沒有畢業。」

「這個不成問題，他可以繼續上學，直到畢業為止。不過在此之前，有些工作忙碌起來的時候，可能會需要嚴歡請假。尤其是這個月事務比較多，基本上不可能去學校，希望這一點你能同意。」

嚴父似乎猶豫了許久，之後才緩緩地點了點頭。

「好吧，能讓這個不求上進的小子找到一份能溫飽的工作，這確實是目前最好的狀況了。」嚴歡的父親站起身來，與付聲握手道，「希望他不會給你們添麻煩，還有最後一點，住宿問題？」

「包吃包住。」付聲道。

嚴父點了點頭，鬆開了與付聲交握的手。

「如果他有什麼地方做得不好，不用顧忌，直接教訓就好。」

「請您放心。」付聲瞥了一眼站在一旁的嚴歡，「這一點我能保證，我會嚴格督促他的。」

在付聲的視線下，嚴歡莫名地打了個寒顫，同時忍不住開始為自己的未來祈禱。而此時，他看見他父親已經轉身準備離開，腦子裡想都沒想，衝動地喊了一聲：

「爸！」

喊完，嚴歡才覺得尷尬。幾天之前才和父母大吵一架、從家裡逃出來的自己，現在又要怎麼面對他們呢？

嚴父頓了頓，終於，從他們進門以來，第一次正眼看了嚴歡一眼。

「以後你的事情就不歸我們管了，自己照顧好自己。」

嚴歡愣愣地點了點頭，不知為何，眼裡有一種說不出的酸澀感。

「還有，你媽媽已經住院，大概再過不久就要生了。有空你也回去看一看吧。」

嚴歡的父親說完這些話，人已經消失在咖啡館門口，留下嚴歡望著他離開的方向。許久，他似乎紅了眼眶。

付聲站在他身後，一直沒有說話。

「不知道為什麼，我突然有一種感覺——從今以後，這世上再也沒有誰站在我後面，也沒有誰會等我了。」嚴歡的聲音有些哽咽，「我是不是從此以後，都必須一個人過了？」

突然到來的自由，沒有讓嚴歡覺得興奮。相反，到了父母真正放手的這一刻，他心底的孤獨和害怕都快要淹沒他了。

這個獨立來得太突然，嚴歡還沒有準備好。

付聲看著他，回答：「是的，從此以後，什麼事都必須你一個人去做，沒有誰會再陪著你了。」

「……」

「不過，這世上一個人過日子的數不勝數，又不只你一個。」付聲上前，拍了拍他的腦袋，「沒什麼好傷春悲秋的。比起這些，還不趕快給我回去練習。」

「練習？練習什麼？」

「當然是你那糟糕透頂的吉他。」付聲毫不留情道。

「**當然是你那拉低樂團水準的吉他！**」很久沒出聲的 John 也在此時落井下石。

一瞬間，所有的感懷和悲傷全都不翼而飛，嚴歡打了個寒顫，看著好似奴隸主一樣的付聲。

「我怎麼有預感，從此以後我的日子好像會很慘。」

「不是預感，如果你的彈奏繼續拖後腿，你只會比很慘還更慘。」John頗有遠見地說道。

嚴歡和付聲兩人走出咖啡館，外面正是太陽最燦爛的時候，即使是冬天，也讓人覺得渾身暖洋洋的。

「付聲，嚴歡！」

走出門不久，便看見兩個人招著手向他們跑來，正是向寬和陽光。

「怎麼樣，搞定了沒？」向寬問。

付聲點了點頭，另外兩個人瞬間都放下心來。

「好啦！小子，從此以後你就可以專心地走這條路了！」向寬緊摟著嚴歡的脖子，笑道。

看著圍繞在自己身邊的向寬、陽光，還有走在前面的付聲，嚴歡突然覺得，其實告別了過去也沒有什麼。

因為現在，他有了一個新的開始。

他夢寐以求的生活、搖滾的世界，即將開始。

03

#Pray it out

簡單的歌

很多時候，新世界在你面前打開了大門，但你會發現，那不像你想像中的那麼美好。

不，在收穫美味的果實之前，經歷的往往都是痛苦的耕種過程。

嚴歡覺得，自己現在就像是一塊開墾中的土地，被付聲拿著鋤頭，一下一下地用力地開荒，毫不留情！

在連續三個小時的練習後，嚴歡終於忍不住出聲抗議。

「可以休息一下嗎？」他問，「從早上到現在，我連早餐都還沒吃，已經沒有力氣再彈下去了。」

「早餐沒吃，是因為你自己睡懶覺錯過了時間，怨不得別人。」付聲毫不留情，「現在你又要因此耽誤訓練，如果你的智力還正常的話，我建議你不要這麼做，不然欠下的債只會越積越多。」

他看著嚴歡彈吉他的姿勢，挑剔道：「就你現在的水準，離可以入耳還差得很遠。如果你不想做拖後腿的那個，就給我繼續練習，直到我滿意為止。」

「魔鬼，簡直就是魔鬼……」嚴歡小聲地嘟囔著。

不知道付聲有沒有聽見，不過就算聽見了，想必他也毫不在意。

終於，看不下去的向寬出來替嚴歡說了句話。

「阿聲，我知道你也是好心。不過凡事總要勞逸結合嘛，疲憊練習也不會有什麼成果，就讓他稍微休息一下吧。」

陽光也放下貝斯，看了過來。

「他還在成長期，你這樣是揠苗助長，付聲。」

付大吉他手抬頭瞥了他一眼，「在把你的貝斯恢復到兩年前的水準之前，你也不准懈怠，陽光。」

好吧，陽光這是遭到池魚之殃了。不過還好，付聲還算有一點人性，又過了半個小時之後，他總算允許嚴歡稍微休息一會。

嚴歡還沒來得及鬆一口氣，只聽見付聲又道：「休息二十分鐘，二十分鐘後，你開始開嗓。」

說完，他人已經走了出去，不知道外出幹什麼去啦。

「鐵公雞！剝削狂、吸血鬼！」

嚴歡發洩般對著關上的大門狠狠地大吼，隨後整個人都癱倒在沙發上。

「我是第一次覺得，彈吉他也會是一件痛苦的事情啊。」

「怎麼，厭倦了？」John和他意識交流道。

「厭倦？說不上吧，只是有一點點累了。」

「一開始的新鮮感過後，很多人都會感到疲憊，甚至想要放棄。搖滾可不是只有表面上的光鮮亮麗，你要是想放棄的話，現在還……」

「我什麼時候說要放棄了！」嚴歡打斷了老鬼的話，「我只是說累了，累了不行嗎！我又不是鐵打的！

「只要多休息一下，我馬上就會恢復動力的，你可別小看我，哼。」

至今為止，只要一想到那一天父親最後離開時的眼神，嚴歡心裡就像堵了一塊石頭。

他自由了，但是他存在的價值並沒有得到承認。為了讓家人承認他的選擇，嚴歡會不顧一切地去努力，去證明自己為搖滾放棄這麼多，是有意義的！

老鬼感受到他激烈的情緒，沉默了。

他之前認為這個國家是搖滾的荒漠，說不定這是錯誤的判斷。

John想，在這個被現實狠狠壓抑的國家，說不定會誕生格外耀眼的搖滾天才，像是付聲，像是……嚴歡。鑽石總要經過千百道錘煉和打磨才會熠熠生輝，沒有經歷過生活捶打的搖滾樂手，也不會有吸引人的光輝。

雖然 **John** 現在是這麼想的，不過嚴歡……

「*你還差得遠呢*。」老鬼碎碎念道。

嚴歡哼哼，不置可否。

「你又在自言自語什麼，小子？」

另一邊，向寬看了過來。

「我發現你有點不對勁啊，每次一個人的時候，好像常常神經質地自言自語。嚴歡，你是不是生病了，還是壓力太大？」

他伸手想摸摸看嚴歡的腦袋，就連一旁的陽光也關心地看了過來。

「走開！你才腦子有問題。」嚴歡一把拍下他的手，「我這是自我調節壓力，懂不懂？只有這樣才不會被那個虐待狂逼瘋。」

「說真的，付聲對你是有點太嚴格了。」向寬也贊同道，「除了他自己，我還沒見過他對別的吉他手這麼挑剔過。」

「對吧對吧！我就說，那傢伙他……」

「不過這樣也證明，他對你是與眾不同的。」向寬接著道，「因為對你有格外高的期望，所以付聲才會特別嚴厲。」

陽光連連點頭，「我也這麼覺得，就像是望子成龍的父親一樣，鐵血教育嘛。」

「呸呸呸！誰要當他兒子。」嚴歡不滿，「你們別老是幫付聲說話，他明明就是天生的虐待狂。一天不蹂躪我，他就渾身不舒服……哎，向寬，你推我幹什麼！」

「不舒服？」

一個輕飄飄的聲音從腦袋上傳來，嚴歡一僵，緩緩仰頭看去，只見付聲不知什麼時候回來了，正站在他身後。

「原來你一直都是這麼看待我的，虐待狂，嗯？」青年的聲線帶著獨特的磁性，然而此刻這聲音只讓嚴歡覺得心裡發毛。

「沒、沒，我只是說說而已，口誤、口誤。」

識時務者為俊傑，嚴歡立即作出明智的決定，收回前言。

付聲只是輕飄飄地看了他一眼，然後將一個塑膠袋放到嚴歡身前的桌子上。

「十五分鐘後，所有人開始配合練習。」

這個人丟下這句話，又進到裡面的臥室，誰也不知道他去幹什麼。

嚴歡回頭，看著桌上的塑膠袋。裡面是幾瓶飲料，還有些吃的。

付聲剛剛就是出去買這些？

不知為何，沒有被罵，嚴歡心裡卻有點愧疚了。明明付聲也跟著他們一起練習了好幾個小時，然而休息的時間他卻出去為大家買飲料，只有自己還在這邊不知天高地厚地抱怨。

嚴歡心裡像塞了一條蹦跳的活魚一樣難受。

不過他是絕對不會開口向付聲道歉的，頂多等一下練習的時候再認真一點，更認真一點！

十五分鐘後，付聲從裡房間走了出來，手裡拿著嚴歡上次完成的稿子。

「詞還沒有填好。」付聲道，「所以我們今天只是先練一下曲子。嚴歡，你在一旁看著，如果合奏過程中有錯誤，你幫我們指正出來。」

「我？我行嗎？」嚴歡受寵若驚。

「除了你，還有誰？」付聲道，「這是你的曲子，沒有人比你更瞭解。只有你才有權力對它作出修改，而我們都必須聽從你。」

這句話，一下讓嚴歡產生了十分強烈的使命感。

責任牢牢地落在他的肩上，他點了點頭，對付聲道：「我會努力的。」

除了嚴歡，其餘的幾個人開始做準備工作。

調音，檢查和接好各個線路和插頭。準備工作做完後，向寬深呼吸一口，正式開始。

最初的節拍，總是由鼓手開始敲打。

嚓，嚓，嚓，嚓。

清脆的擊打聲，帶出簡單的節奏。

付聲閉起眼，手指輕輕地落在吉他弦上，準備彈奏出第一道音符。

嚴歡緊緊地盯著他，緊張得難以形容。

這是他第一次，聽見付聲那神奇的手指彈奏自己的曲子！

他的第一首歌！

其實也是一首，十分簡單的歌。

最開始的鼓點節奏後，是吉他的輕音。

簡單的4／4節拍，是最初的搖滾的音符，也同樣是最有力的音符。

嚴歡瞪大眼睛，他從來沒有想過那些寫在紙上的旋律，從付聲的指尖彈奏出來後竟然會是這樣的感覺！

一種無法言明，輕輕打開你的心扉的感受。

付聲的吉他就像一把鑰匙、一陣風、一道推力，打開了一扇門、吹去了霧靄、推開了阻礙。

就這麼，踏進來了。

吉他聲逐漸變得激昂，似乎是小心翼翼地闖入一個新的世界後，開始興奮歡呼，對任何事物都充滿好奇。

也許是嚴歡掌握和弦的技巧還不成熟的緣故，這首歌的和弦比一般的搖滾樂曲還要少了些，只有簡單的那麼幾個，卻很符合旋律間的變換。

而在這時，陽光抬手，貝斯的低沉旋律加入進來。

它一下子就扯住了好像要跳脫而去的吉他，就像是扯住一個要從路上摔到田地裡的孩子。

貝斯線永遠是搖滾的靈魂，即使是嚴歡這個初出茅廬的小屁孩也在 John 的嚴格教導下，設定了能完美掌控樂曲基調的貝斯線。

用一句被用爛了的老話形容：

貝斯就在那裡，無論你聽得見，還是聽不見。

與喧鬧華麗的吉他比起來，貝斯顯得低沉而又樸素，不過卻是不可缺少的一塊基石。爵士鼓也同樣如此，向寬時而有力時而放緩的敲打，總是決定著旋律的走向。

而在定好這一切的基礎後，才是吉他放聲高歌的舞臺。

就像是一陣狂風，一下子把心神拉了過去！

付聲的吉他彈奏這時開始變得快而有力，就像是一個年輕人為了擺脫桎梏而不停狂奔。吉他明亮的高音、華麗的輾轉，彷彿把奔跑時的狂風和心跳都展現在聽眾面前！

碰，碰，碰，碰。

鼓手有力的敲擊，在此時化作心臟的狂跳聲降臨耳邊。貝斯的低吟，好似化作一條無限向前延伸的道路鋪開在腳下。

而付聲，此時就用他的吉他帶領所有人，在這條路上義無反顧地奔跑、奔跑、向前。

一切好像又將嚴歡帶回了那個傍晚。他初遇向寬的那天，註定他要走上搖滾這條路的那天。也是他和于成功被命運戲弄的開始，讓他意識到了自己的渺小的開始。

只管一路前行吧，懵懂的年輕人還不知道前方會有怎樣的坎坷，他只知道必須不斷邁動腳步。

眼睛，永遠直視前方。

沒有退路的狂奔！

樂曲是什麼時候停下來的，嚴歡一點都沒有注意到。等他回過神來的時候，只察覺到三雙眼眸一眨也不眨地正盯著自己。

「有沒有什麼錯誤？」向寬問。

「彈得還可以吧？」久未練手的陽光有些緊張。

「缺點？」付聲言簡意賅，一貫的明瞭。

「咳咳，我覺得吧……這次的彈奏——」嚴歡故意賣了個關子，「沒有缺點！簡直比我想像的還要棒！我自己試彈的時候，可沒有想到會是這種感覺！」

向寬和陽光悄悄地鬆了一口氣，可是付聲卻皺起眉來。顯然，他並不滿意嚴歡的回答。

「怎麼可能沒有缺點？」

「可是，我真的覺得比我自己彈得都好聽啊。」

「那是當然的。」

「那是當然的！」

同一句話，一裡一外，付聲和John幾乎是同時說出來。

「比起你那半調子的實力，任何人彈的都會像天籟。」付聲還是一貫的毫不留情，在他看不到的地方，John連連點頭附和著。

「正是如此，若是這小子彈得不比你好一千倍，就枉費我當初這麼看好他了。」

「……」嚴歡的臉色在青白之間轉換，最後，他只能選擇吞下了這口氣。

他已經習慣這兩個傢伙來打擊自己了，真的！習慣了！

「算了。」付聲似乎也不指望他挑什麼毛病了，直接對一旁看戲的向寬和陽光道，「你們過來，剛才的合奏有一大堆的問題。尤其是你陽光，你有沒有穩穩地抓住我？你的吸力跑到哪去了？這樣還是一個合格的貝斯手嗎？」

見付聲的注意力轉移到另外兩人身上，嚴歡悄悄地鬆了一口氣。還好這首歌曲的彈奏他這個原作者不用負責，現在倒是可以鬆一口氣了。就在嚴歡有些幸災樂禍地看著向寬他們時，付聲卻沒有忘記他。

「還有你。」付聲轉過身，抽空道，「你到底什麼時候會把歌詞交上來？」

「歌、歌詞？」嚴歡驚。

付聲挑眉，「怎麼？難道你以為只交出曲子就搞定了？」

「沒、沒……我正在想，正在想。」嚴歡有點心虛，要不是付聲提醒，他還真的忘記歌詞這事了。

「你只有三天的時間。」付聲下了最後通牒。

嚴歡聞言，愁眉苦臉。

平時在學校他就最討厭寫作文，更別說是歌詞了！想想看，古時候都是些什麼人在作詞？哪一個不是數一數二的文豪、名留千史的人物？

他嚴歡，竟然要和那些人比作詞嗎？

其實嚴歡是想得有些誇張了，不過這也證明，作詞確實不是一件容易的事，尤其是對一個剛入門的小鬼而言。

在原地苦思了一個小時未果後，嚴歡不得不向還在練習的付聲請假。

「我想出去轉一轉。」他說，「這樣說不定會有靈感。」

付聲的視線在他身上停留了很久，幾乎快把嚴歡看得寒毛直豎後，才給予批准。

「去吧，晚上九點前必須回來。」

嚴歡得命，如釋重負地出門了。

不過才剛出門，他就覺得不對勁了。自己的人身自由什麼時候需要付聲來管了？剛才那個樣子，怎麼看怎麼像一個向老婆請示門禁的懼內老公？

「呸呸！」

嚴歡將自己的想法清出腦袋，覺得自己一定是入魔了才會這麼想。殊不知，在他走後，屋內留下的兩人也有著同樣的想法。

「阿聲，我說你是不是把嚴歡管得太嚴了？」向寬道，「再怎麼說他都還是一個十七八歲的小孩嘛，心思野一點也很正常，你不要把他管得這麼緊比較好。」

陽光也連連點頭，「一般家庭矛盾都出自於此，夫妻生活想要和睦就必須……」

付聲的一個瞪眼，就讓陽光立刻把剩下的調侃縮回肚子裡，哼哼兩聲繼續練他的貝斯了。

而此時的嚴歡，渾然不知道自己正被不良團員調侃了一番。他此時走出付聲家的樓下，頂著一頭的冬日陽光，突然有點不知所措。

說是要出來散心，但是，要去哪呢？

今天是週二，平常這個時候他應該正百無聊賴地坐在教室裡上課。而現在他可以自由決定自己的去向，卻反而迷失了方向。

看著身前一片空曠的街道，嚴歡突然有些無所適從起來。

曾經被緊緊拴著脖子、被命令著必須向哪走的時候，他心裡滿是不甘和掙扎。

現在繩索被解開，他自由了，卻又陷入了彷徨。

人為什麼總要如此矛盾呢？

就在嚴歡止步不前，不知該往何處去的時候。

John 淡淡地提醒他：「為何不就直接向前走？」

對啊！

嚴歡瞬間豁然開朗。

他何必猶豫呢？即使不知道方向，眼前不是正好有條路嗎？

一直沿著它走下去，總會走到目的地的。總比待在原地不動彈好吧！

迎著正午的陽光，嚴歡邁開了第一步。不知為何，剛剛付聲的吉他聲突然又迴響在他耳邊。

奔跑！

嚴歡邁開腳步，在這空無一人的路上大步向前。

第一次沒有目的地而上路。不是急著去上學，也不是漫不經心地回家，甚至不是懷著迫切的心情去練習搖滾。他踏上這條路，只是因為這裡正有著這麼一條。

這種感覺很新鮮，好像你平時看不見的一切都重新進入眼中。

他注意到了路旁破舊的路燈，隔著一段距離就有一盞，有的已經壞了，有的還完好，然而它們都有著時光磨損的痕跡，像是疲憊的侍衛般守衛在街道的兩邊。

這總是佇立在此的路燈啊！它們若是有思緒的話，會想些什麼呢？對著日復一日踏上這條路的人類，它們是會投以憐憫還是嘲笑的眼神？亦或是羨慕人類能夠上路行走，而它們卻只能永遠停駐原地？

嚴歡不由得想遠了，他覺得現在自己的思緒就像在宇宙裡漂浮著。路燈一個個被他甩到身後，而他也被自己的思緒甩到後面。他隨即發現，比起肉體，跑得更快的是思維。

他的思想迫不及待，想要看看這條街的後面是什麼，還有著什麼！思維催促著他，讓他開始奔跑起來。

嚴歡真的開始跑起來了，然而他自己卻還沒有注意到這點。他沿著這條街一直跑，路過許多風景，有建築物，有行人，有垃圾箱。

每越過一樣事物，他就興奮得像戰勝了一個未知的敵人，抵達了一個新的境界！正當嚴歡為此興奮不已時，卻驟然發現，路已經到了盡頭。另一條更大、更寬闊的馬路將這條小街橫穿而過。

這次興奮的探索，也就此落下帷幕。

嚴歡有些失神地站在街道盡頭，他轉過頭，看著身後那些被自己一個個超越的人與物。曾經他心底嘲笑它們，覺得自己戰勝了它們。然而現在，他也被擋在這盡頭前，再也沒有去處，沒有去處！

「沒有路了。」嚴歡心裡難受得很，不由得呢喃了出來。

身旁有一個正準備過馬路的老人聽見，抬頭看了他一眼。

「小伙子，哪裡沒有路？你眼前不是還有一條大馬路嗎？可以走啊。」

很簡單的一句話，卻像是一道驚雷驚醒了嚴歡。

他抬頭，看著這原本阻斷了自己奔跑的馬路。在它之上，有更多的車輛以更快的速度行駛著，去向他所不知道的地方。而這條馬路的盡頭，也許還有另外一條更大的路。

一環一環的，永遠沒有盡頭！

誰說已到末路，這不是還有新的路在眼前嗎？嚴歡豁然開朗，原本被阻住的腳步又有了新的目標。他的眼睛追隨著那些在馬路上奔馳的汽車，想像著自己和它們一樣，不知疲倦地行駛著。來到一個新的地方，留下自己的印跡，然後繼續開闖更大的道路！永遠沒有盡頭！

搖滾沒有盡頭！

人生也沒有盡頭！

他今天的奔跑更沒有盡頭！

站著等綠燈的老頭突然瞪大眼睛，失聲對跑離的少年道：「唉！小伙子！等紅燈啊！」

而那道身影，已經雀躍地跑開了。

「怎麼還不回來？」

窗外，太陽已經漸漸西沉，然而幾個小時之前出去的嚴歡，卻還不見蹤影。這讓結束了練習後，等得有些不耐煩的向寬不由得開始擔心起來。

「不會是出了什麼意外吧？」他低聲地喃喃自語道。

「雖然每天這世上都會有因為意外而死的人，但是我相信，嚴歡那小子不會這麼好運地遇上這些低機率事件。你白操心也沒用。」一旁，陽光淡淡道。

「喂，我說你這種安慰的話還不如別說！說了只會更讓人坐立不安。」向寬怒視他。

「誰有興致來安慰你了？我只是在陳述事實而已。」

看著這個油鹽不進的貝斯手，向寬氣餒，轉頭向一旁的付聲求助道：「你們家兒子跑出去這麼久，你就不會擔心？」

正坐在沙發上不知是否在調音的付聲，把視線從吉他上收回來。

「首先，我沒有這麼笨的兒子。其次，我規定的門禁時間是晚上九點，現在還早，他沒有回來也很正常。」說著，付聲不冷不熱地道，「你要是等不及，可以先自己一個人出去找一找。」

與這兩個冷血的人比起來，向寬真的覺得自己像個愛操心的老爹了。他不忿道：「去就去！」

向寬拿起一旁的外套，就要出門。

「我就不信了，這小子在外面轉這麼久，還真的能找到靈感不成？」

他剛把手伸向門把，大門卻突然從外面打開了。三人口中的話題人物，嚴歡，正喘著氣站在門口，更令人目瞪口呆的是，他身上的衣服竟然被劃了一道大裂口，臉上也是灰頭土臉的。

「你！你這傢伙，不會是去哪打架了吧！」回過神來的向寬第一時間質問道。

嚴歡卻不理他，直直就要往屋裡走。向寬想拉住他，卻平白遭到一聲怒喝：

「別吵我！別跟我說話！」

嚴歡簡直就像入魔一樣飛奔到客廳，隨手拿起紙和筆。他表情嚴肅，盯著空白紙張的神情，就像是要出征某個戰場！

「從現在開始，所有人都不准發出一點聲音，不要打擾我的思路！」

像暴君一樣宣布完後，嚴歡埋頭，大筆一揮地開始寫了起來。

包括付聲在內，另外三個人都是一副驚訝的表情。只是出去逛了幾個小時，這小子還真的將靈感和一身的泥土一起帶回來了？

十幾分鐘後，嚴歡終於停筆。他滿意地拍了拍稿子，自我陶醉地欣賞了一遍。半晌，像是才反應過來屋內還有另外幾個人，他抬頭對著他們無辜地笑笑。

「不好意思，你們現在可以開口說話了。」

首先出聲的是付聲，孤傲的吉他手瞥了眼嚴歡，伸出手。

「歌詞拿來。」

嚴歡反應過來，連忙小心翼翼地雙手遞上歌詞，交給付大吉他手檢閱。在付聲看詞的時候，另外兩個人也插上話。

「你是真的想好歌詞了？不是為了應付付聲，隨便寫寫的？」向寬懷疑地看著他。

「我比較想知道的是，這傢伙究竟在外面遭遇了什麼。」陽光看著一身泥土，甚至臉上還有擦傷的嚴歡道。

提起這個，嚴歡有些訕訕的。

「其實也沒有什麼，就是過馬路的時候一不小心……」

「你被車撞了?!」

「——是我撞上車子。還好那位車主沒有叫我賠他錢，不過也虧我溜得快啊。」現在想起當時的情景，嚴歡還有點後怕。

那時候他幾乎是處在一種忘我的狀態，直到差點撞上一輛汽車，及時反應過來的嚴歡為了避開而摔倒在地後，才從那種失神的狀態中回過神來。他也該慶幸，否則就算想出了歌詞，現在也沒這個命寫出來。

就在三人閒話的時候，付聲已經將歌詞看完了。嚴歡屏住呼吸，等著他的評判。

「這份歌詞——」付聲有意無意地拖長了語調，「有好幾個錯字。」

嚴歡的心顫了一下，連忙道：「那是意外，意外！我太急了，手誤！」

「不過整體來看還算可以。對於新手來說，可以算是合格。」付聲評價完，將歌詞塞回嚴歡手中，「現在要評價這歌詞究竟合不合適，還需要你自己來證明。」

「我？」

就在嚴歡愣神的時候，付聲已經走到一邊，拿起吉他。

「將它唱出來，由你自己來唱。」

看著向寬和陽光也都去拿起各自的樂器，嚴歡的心突然怦怦跳動了起來。他突然意識到，這可是第一次正式地在他自己組成的樂團中，唱著他自己的歌。

他幾乎都快抑制不了加速的心跳，直到熟悉的吉他聲響起、前奏結束，嚴歡才下意識地張口，出聲而唱。

根本不需要去看稿子，因為那些歌詞現在已經刻印在他的心裡。

少年清澈又略顯沙啞的嗓音，在屋內響起。

伴隨著歌聲的是窗外漸漸落下的夕陽，染紅了窗舷，像是夢幻般的色彩。

「**我總在做一個夢。**

夢中，有一條長直無盡的路……」

開始是平緩的音調，敘事般將想表達的情感娓娓述來。從這略緊繃的歌聲中，彷彿可以讓人通過那音調，看見夢裡所描繪的色彩。

從生下來你就和無數的人一樣，踏在同一條起跑線上。你不知道自己該去哪裡、會去哪裡，只是盲目地跟隨著人群。

但是突然有那麼一天，你清醒過來，意識到自己不該繼續盲從，意識到你想要自己的選擇。於是轉身，踏上了只屬於自己的路。

即使被烈陽炙烤，即使被風雨追趕，卻始終堅定地沿著這條路前行，奔跑！

「聽，天空在嘲笑，
聽，大地在戲謔，
這長而無盡的路，
我一直奔走，
我一直邁步，
它永不停駐。」

唱到這裡的時候，嚴歡心中彷彿有火山在噴發。他想起自己偷偷摸摸在家裡練習吉他的情景，他想起被迫接受第一次分離時，那無奈又不甘的心情。

他想起那個夜晚，自己控制不住地從家裡跑出來。那一夜的寒風，至今還會從睡夢中將他驚醒。那一夜天上明亮的星星，也總是會將他撫慰。

這不是一條平坦的道路，卻是他自己選擇的。

這條漫漫長路啊，究竟還會使盡怎樣的手段刁難追逐其上的人們？然而所有的痛苦都是甘之如飴，所有的傷痕都可以當做勳章。因為這是掙脫牢籠、掙脫束縛，是自己想要怒吼的地方，是心甘情願去追逐的惡魔。

在這條只屬於自己的路上，永遠奔跑著。

「夢中，

一條長而無盡的路。」

「嘀——！」

一聲拉長的汽車喇叭，刺得路人耳朵發痛。

在這條擁擠的馬路上，許多下班回家的白領正開著車堵在路上動彈不得，一旁步行道上路人的速度都比他們快了很多。塞車已經快十分鐘了，相信此時等得急躁的各位司機，都巴不得長出一雙飛毛腿吧。

而堵車中心點的路旁看板上，正掛著一張吸引人的超大型海報。黑色打底，銀金色襯托的海報，給人一種厚重的金屬感，而海報上龐克裝扮的年輕人，則是帶著一股年輕的氣息撲面而來。

草莓音樂節的宣傳廣告！

恐怕只有在這樣一幅海報裡，龐克黨和金屬黨才會如此和諧地共處吧。

今年草莓音樂節的舉辦地之一，正是這座臨海城市。碰巧的是，草莓音樂節的舉辦時間和另一個超大型音樂節迷笛相撞了。

恰巧都是在開春後的四月末至五月初，兩個音樂節主辦人如此安排時間，也不知是有意還是無意。迷笛音樂節有「國內胡士托」之稱，背後還有本土獨立搖滾發源地迷笛音樂學校做底牌，底子不可謂不厚。

但是同樣，支撐著草莓音樂節的摩登天空公司也是有十幾年的舉辦音樂節的經歷。兩雄相爭，鹿死誰手還未知。

迷笛的口碑略比草莓好一點，這是不爭的事實。草莓也曾暗地裡陰過迷笛一把，這也是老樂迷都知道的恩怨情仇。這兩大國內音樂節還真是二虎相鬥必有一傷，正所謂一山不容二虎，除非一公一母。

今年草莓在舉辦地如此早就開始宣傳，還出動大批人手搜羅表演樂團，也是有著與迷笛一爭高下的涵義在內吧。

熟知國內獨立搖滾內情的人，只通過那一幅宣傳海報便可以看出諸多暗湧，例如正坐在車裡的這一位。

將視線從海報上收回來，副駕駛座上的墨鏡男將手伸出窗外，撣了撣菸灰。

「摩登天空那些傢伙，每次都喜歡搞這些小花招。」他所指的，正是草莓音樂節幕後的主辦方。看起來，說話的墨鏡男對他們並沒有好感。

「實力不如人嘛，難免喜歡多搞一些小手段，你也要諒解他們。」開車的是個三十出頭的男人，長得不算帥，卻有一種特殊的魅力。他下巴處有一道刀疤，不過伴著一臉的笑容，看起來並不猙獰。

「等到時候，就知道實力高下了。」

「哼。」墨鏡男看向窗外，「我討厭背後耍陰招的傢伙。」

「嘿嘿，你還在計較那年的事情？別往心裡去，耍陰招我們沒有搞過他們，這也算是失敗。要勇於承認失敗，才能知恥而後勇啊，少年！」開車的男人伸出手用力拍打著墨鏡男的肩膀，猝不及防之下，墨鏡男被他的大力打得往前一趴，連連咳嗽，連墨鏡都滑了下來。

在黑色墨鏡之下，掩飾的是一張冷峻的面容。按吸引力來算，絕對不比那些當紅男星差。對於認識他的搖滾樂迷來說，這張面孔則是有著更大的吸引力！

國內曾經數一數二的搖滾主唱，藍翔！

第一次聽到他名字的人只會有一個反應——愣個幾秒，然後彎腰拍掌大笑。沒辦法，誰讓這位帥哥和某個「國際知名學校」撞名了呢？不過，凡是聽過他的歌聲的人，都會把他牢牢記在心底。這可是國內當年僅有的幾個搖滾好歌喉。

然而這一切，都是當年的事情了。

翔哥現在已經不能唱歌，他的聲帶壞了。當初剛得知這個消息的時候，比起傷心欲絕的樂迷，他本人卻無動於衷。不能唱歌並不意味著他的搖滾生涯結束，藍翔現在依舊是一位搖滾人。

「我討厭這些勾心鬥角的事情。」索性摘下墨鏡，藍翔看著車窗外的天空，「連最後一點能讓人自由呼吸的地方都不給！草莓與其說是音樂節，還不如說是糜爛的夜店狂歡，搖滾？」

他鼻子裡發出一聲不屑的低哼，對於這種連汽車廣告都能大肆地登上舞臺的音樂節，所有老牌的搖滾樂迷都和他一樣，認為草莓從根本就沒有搖滾精神，只是一個嘩眾取寵的時髦產物！就連草莓的聽眾自己都說，吸引他們的更多的是那邊輕鬆的氣氛，戀愛、打屁、搭訕、擺攤、玩樂，而不是音樂。

然而在這個社會，迷笛正一天天地被人斥責為老舊，而以新潮搏位的草莓卻一點點地攀升上來。

純粹的精神遭人嘲笑，商業化的半吊子卻更容易成功！這是什麼道理？

似乎也是想到了這點，藍翔狠狠一拳擊打在車窗上。

「狗娘養的！」

是在罵誰，不得而知。

「哎哎，小心我的車子！這可是新的！」

在身旁人心痛的呼喊聲中，藍翔悻悻地收回了手。幾分鐘後，車流開始緩緩向前移動，這輛載著兩位搖滾人的車子也漸漸地消失在車流中。

不過就算是被老牌樂迷嗤之以鼻的草莓音樂節，也有很多默默無名的小樂團，在為登上它的舞臺而賣命地拚搏著。就比如——嚴歡他們。

而此刻，這群新鮮的搖滾血液正在思考一個問題。

「你究竟準備取什麼團名？」

在結束了原創曲的排練後，緊隨而來的是樂團的命名問題。這些問題一個接著一個，將嚴歡逼得走投無路。沒辦法，誰教他是這支樂團名義上的團長呢？

「我……我……」當著三雙火一般的眼睛，嚴歡不好意思說自己還沒開始想，只能委婉道，「我還沒決定好。」

「決定？講個備選的來聽聽。」付聲一句話，就差點把嚴歡打回原形。

還好，向寬這時候趕來救場。

「既然沒決定好，那就一起來想吧，正好我們也參謀參謀。」

嚴歡心虛地抹了一把汗，這年頭，謊不好撒啊，差點就被當場揭穿了。他對著向寬連連點頭，「人多力量大，集思廣益！一起想。」

付聲懷疑地打量著他。

「你不會是根本沒開始想吧？」

「哪有？哪有！是想的名字太多了，糾結著不知選哪一個好。」嚴歡笑著，背後卻悄悄流下幾滴冷汗。

果然，付聲這個傢伙才是最不好糊弄的。

「要我來說的話。」陽光道，「不如就叫四人幫好了。」

「……」

萬籟俱寂。

所有人都盯著他，那眼神簡直就像是在看什麼奇葩物品。

「不對嗎？」陽光歪頭，「正好四個人，不就是四人幫嗎？」

「四個人，你怎麼不叫披頭四呢！」向寬諷刺，「取這個名字，你是想被請去警局喝茶嗎？恕不奉陪。」

「披頭四是什麼？」嚴歡莫名覺得這個名字有點耳熟。

「上世紀一個英國樂團。」付聲道，「披頭四只是音譯，原文是 The Beatles。」

付聲並沒有刻意描繪，只是輕描淡寫地解釋了一番。

「好耳熟啊！對了，就是上次《黃色潛水艇》的那支樂團，我唱過他們的歌。」嚴歡突然想了起來，「他們很厲害嗎？」

「還好吧。」付聲淡淡道。

就因為他這一番輕描淡寫，讓嚴歡誤會了，只以為那只是支普通的樂團，完全沒有再去過多關注。他此時根本沒有意識到，在提及這支樂團的時候，附身的老鬼一直沉默著，詭異地沉默。

陽光取的名團字自然被否決了，甚至他本人也被剝奪了繼續取名的權利。向寬質問他：「以前你們樂團，究竟是誰取團名的？」

飛樣樂團的團名還不至於如此不堪，絕對不是出於陽光之口。

然而這個問題，卻一下子戳中了陽光的傷處。

「我們團長。」陽光低聲道，「他希望樂團能夠像雄鷹一樣，在國內一飛沖天。呵呵，現在想想，是多土的一個團名啊。」

再土也比你那四人幫好！

向寬雖然想這麼吐槽，但是看陽光此時壓抑的神色，便沒有再開口。

他們所有人都知道，飛樣對於陽光來說，是一個不能揭開的傷疤。因為隨時隨地觸碰它，都會痛徹心扉。

看來陽光對飛樣的老團員們還是念念不忘啊。

嚴歡感嘆著，突然計上心來。

「有了！我想到新團名了！」

另外三人齊刷刷地看向他。

「就叫 **The Prayer**！中文名就叫悼亡者，怎麼樣？」

Prayer，祈禱者，悼亡者。

「我沒意見。」向寬第一個舉手，發表看法。

「可以。」付聲言簡意賅。

最後，只剩下陽光一個了，嚴歡把期待的目光轉向他。

握緊。

「……為什麼會想到取這個團名？」陽光卻只是盯著嚴歡，雙手悄悄在背後

「為什麼，難道你們不覺得這個團名很有格調嗎？」嚴歡眨著眼睛，說，「我研究過了，但凡是有些名氣的樂團，都是用『The』這個單詞來做樂團名稱的首詞，像是那個什麼『The Who』，對了，還有付聲剛才說的『The Beatles』。」

嚴歡道：「用這個單詞來取樂團名，難道不是一個好兆頭嗎？」

「那為什麼要用『悼亡者』這個詞，用其他的詞不好嗎，像是『Flower』之類的。」陽光依舊緊盯著嚴歡，不錯過他的任何一絲表情。

「Prayer，一語雙關啊，既有我們是音樂祈禱者的意思，還包含著我揮斷過去，重新開始的涵義在內。比你那什麼花不花的，高深多了好不好！」

「真的？」

「我騙你幹什麼?!怎麼，難道你不喜歡這個團名？」

陽光側過頭，「也不是不喜歡……算了，是我多想了。就取這個團名也不錯。」

「好，那就是全票通過！搞定，The Prayer！」嚴歡興致頗高，「團名都定下來了，敢問還有其他要求嗎，主奏吉他手大人？」

付聲看著他，似乎打量了幾眼，頗有深意。然後，像是大發慈悲般揮一揮手。

「今天的練習就到這裡，休息去吧。」

「解散！」

嚴歡畢竟是少年心性，一跳三丈高，很快就跑得沒影了。連續好幾天，都被付聲抓著逮著關在室內練習，他不被憋壞了才怪。

嚴歡第一個跑出去，緊接著陽光也背著貝斯走人了。

「我明天再來，等等還要去打工。」對著付聲和向寬點了點頭，話不多的貝斯手就這樣離開了。

直到屋內只剩下付聲和自己，向寬才竊笑著說出口。

「你說嚴歡那小子，是不是故意的？」

付聲扭頭，看了他一眼。

「明明是特地為陽光取了這樣的一個團名，但是又不說出來。陽光也是，他是真的沒發現嗎？」

悼亡者，多麼明顯的意思。悼念故人，追憶過往。不正是在暗指陽光和飛樣之間的關係？

「發現沒發現，都是他們自己的事情。」付聲道，「嚴歡想要以這種形式來替陽光祭奠飛樣，陽光也接受了，就是這樣。」

「那你呢？」向寬說，「自己的樂團名和其他樂團扯上關係，按你的脾氣，一向可是忍耐不了這個的啊？」

「死者為大。」付聲說，「我以前也很喜歡飛樣，接受這個名字也沒什麼。」

「呵呵。」向寬笑而不語，只是拍了怕付聲的肩膀，莫名道：「保重，保重啊。」

弄得付聲像看著神經病似地看著他，向寬只是自顧自地笑著，然後也走了。

只是走到樓下，鼓手抬頭看了眼樓上某間公寓，想著。

究竟是因為飛樣，還是因為某個小屁孩，才讓一向驕傲的付聲接受了這麼一個祭奠其他樂團的團名？

真相，恐怕連當事人自己都搞不清吧？

吹著口哨走遠，向寬的心情不錯。

看著樓下那個散漫的傢伙走遠，付聲才從窗邊離開。一時間整間公寓又只剩下他一個人，久違的安靜。他獨自走到沙發邊，默默坐了下來。有多久，他沒有這樣自己一個人坐著了？

尤其是這張沙發最近都快變成嚴歡的獨占物了，無論是睡覺，還是練習間隙的休息，都能看見嚴歡沒形象地躺在沙發上。

伸出修長的手指，付聲感受著沙發墊溫暖又略帶粗糙的觸感。突然想起幾天前的某個早上，他看見嚴歡就是這樣坐在沙發上睡著。然後也是那一天，他知道了這個年輕的小子有著比自己想像中還要出色的天分。

嚴歡的成長，簡直快得驚人。一點都不像是一個初出茅廬的菜鳥，倒像是體內裝著一個上世紀的老樂手魂魄一樣。

不得不說，付大吉他手在某些方面，真相了。

「喂，我回來了！給你們帶了點心！」

當嚴歡蹦跳著帶著一袋子的零食回來的時候，卻突然愣住。

「哎？怎麼人都走光了，一點也不給面子。」正喃喃自語著，他突然注意到坐在沙發上的付聲。

睡著了？

真的睡著了？

這個一向不在人前放鬆警惕的傢伙，竟然就這樣在沙發上睡著了！看著頭靠在沙發上，微微側著臉，閉著眼呼吸起伏有致的付聲。嚴歡再三地揉揉自己的眼睛，才敢相信付聲是真睡著了。沒辦法，他幾時見過付聲這麼放鬆戒備的樣子？

小心翼翼地走近，嚴歡儘量不發出聲音地走到沙發邊，仔細觀察著付聲的睡臉。

這個傢伙，睡著的時候和醒著的時候完全不一樣啊。平時，總是時不時地皺著眉頭，一副苦大仇深的模樣，睡著的時候表情卻緩和了很多。眉頭不再緊蹙，平日緊繃著的臉也放鬆下來。

像是一個尋求溫暖的孩子，把自己縮在沙發的一角，這樣的付聲，簡直就是惹人憐愛的睡美男啊。

這反差也太大了吧，嚴歡不由自主地心想。

「怎麼，你想對他做什麼？」

突然響起的戲謔聲音，驚得嚴歡寒毛都直豎起來。

「John，你不要突然這樣出聲嚇我行不行！」在大腦內和老鬼爭辯著，嚴歡幾乎都快嚇出心臟病。

「我不出聲，誰知道你要對這個傢伙做什麼呢？」老鬼嘲笑道，「是不是還想彎下腰給個吻，親醒這個睡美人？」

「亂講，John，你的思想簡直是太邪惡了，我和付聲只是戰友好不好，哪像你那麼多邪念？」嚴歡窘迫地反擊著，臉上都微微泛紅。

正在此時——

「你在幹什麼？」

從極近處傳來的聲音，就像是在耳邊響起的一樣。嚴歡一愣，只見付聲不知什麼時候醒了，正睜大眼望著他。

那雙漆黑的眼眸離他只有不到五公分的距離，嚴歡發誓，在那一刻他聽到了自己的心跳聲。

「沒！沒什麼！只是看你睡著，過來瞧個新鮮而已，哈、哈哈。」

撐著手從沙發上坐起身，付聲白了他一眼。

「白痴。」

難得的，不知為何有些做賊心虛的嚴歡沒有炸毛，只是儘量安靜著，想要讓付聲別注意到自己的異樣。

都怪 **John** 那老鬼剛才說那些奇怪的話，害他現在都想多了！意識內，似乎傳來老鬼幽幽的笑聲，幸災樂禍。

「明天有空嗎？」付聲突然問。

「啊，什、有什麼事嗎？」

「我想要帶你出去。」

「出、出去?!」

不會吧，這麼快，難道真被老鬼說中了?付聲這是在邀請自己出去約會？不不不不，絕對不可能。不過，如果是真的，自己該怎麼拒絕呢？直接拒絕這個傢伙的話，會傷了他的自尊心吧。難道要跟他說，對不起我不能跟你出去約會，我還是喜歡女生的！

「嚴歡，你……」

「對不起我不能去！」嚴歡閉著眼大喊，「辜負了你的一番心意真是十分抱歉！」

一片寂靜，靜到連彼此的呼吸聲都能聽得一清二楚。半晌，嚴歡大著膽子，睜開眼偷偷瞧了付聲。

付聲看著他，像是在看著白痴一樣的眼神。

「明天我要帶你去替樂團報名，你不去？」

嚴歡呆住，「報、什麼報名？」

「草莓的預選報名，怎麼，還是說你要辜負我這一番心意？」付聲雙手環胸，挑眉。

「那可真是遺憾。」

嚴歡，已經完全僵在原地，恨不得找個洞鑽進去！

他真是把十輩子的臉都丟光光了！

04

#Pray it out

天才與傳說

「一個，兩個，三個……」

衛禮數著手中的硬幣，苦著臉站在自動販賣機面前。

不夠啊，身邊的錢根本不夠買兩瓶水回去，剛才怎麼那麼笨，不帶錢就出來了，等等還要跑回十二樓，你妹啊，電梯壞了呀有沒有，只能走樓梯啊，還要走兩趟啊！

衛禮看著手中的硬幣，又看看身前幾十層高的辦公大樓，欲哭無淚。

「喂，前面的叔叔借過一下，我也要買水。」

正在鬱悶中的衛禮怒視回去，誰！是誰這麼不會說話，竟然喊才二十五歲的他叔叔！這不是正撞在槍口上了嗎？

可他回頭一看，卻見到一個看起來才十六七歲的男孩，那小臉嫩得哦，再對比起衛禮自己久經風霜的一張黑臉，人家喊他叔叔確實沒話說。

「……」

心裡想著不和小鬼一般計較，衛禮默默退到一邊。

那個長著一副未來小白臉臉型的小鬼走到自動販賣機前，手裡拿著硬幣和紙幣，看了好久也不知道該怎麼用，半晌，小鬼撓了撓頭轉過身來問道：「叔叔，你知道這臺怎麼用嗎？我不會。」

衛禮不耐煩地看他，「上面不寫了說明嗎？」

「我不知道該投紙幣還是硬幣啊，說明又沒那麼詳細，而且我也是第一次用……」

「哎哎，煩死了。小鬼，把你手裡的錢給我。你看著，從這裡塞進去，然後選你想要喝的飲料。對了，你要喝什麼，幾瓶？」

「就那種！那種罐裝的咖啡，嗯……四瓶就夠了！」小鬼看著衛禮操作，感激道：「真是謝謝你了啊，大叔！」

不用謝！你只要不喊我大叔就是最大的感激了。衛禮把零錢交給小鬼，心裡暗自吐槽。

「說起來第一次到這種大城市來，沒想到竟然還真的有自動販賣機啊，我以前都以為只有漫畫裡才有的。」小鬼一臉感慨，「雖然我們那邊的車站裡也有，但是我從來沒有用過。」

這是哪裡來的鄉下小鬼啊？衛禮無奈道：「這都什麼年代了，你平時不上網嗎，不接觸社會嗎？這種東西早就有了。」

「上網啊，但是只是查一些資料，平時沒有時間，都忙著練習。」

「練習？」衛禮轉頭瞥了小鬼一眼，見他自己還在那裡戳著自動販賣機。

「你是在準備什麼考試嗎？看你的年紀，應該還在上高中吧。」

手裡按著按鈕，小鬼一邊嘗試著弄懂自動販賣機，一邊說：「是啊，還在上學。不過這陣子沒去學校，都忙著排練。」

「排練？你學舞蹈的？」衛禮有點好奇了，這個年紀的小鬼大多數都是待在學校，這時候就出社會的很少見。

「舞蹈？不不不，不是。不過也類似吧，大叔，不，大哥你不知道吧，我是練這個的？」小鬼擺了個姿勢，右手波弄了幾下。

「吉他?!」這下衛禮是真的感興趣了，「你玩樂團？」

「嗯嗯，剛成立的新樂團，不過我實力不怎麼好，吉他彈得不行，經常落漆。」

小毛孩的玩票樂團嘛，實力不怎麼樣很正常，衛禮表示理解。他把小鬼說的實力不好，認為是他們樂團的整體實力都不怎麼樣了。也把這個小鬼的樂團，看做是一般業餘性質的同好樂團了。

懷著鼓舞新手的心情，衛禮語重心長地說了幾句：「玩樂團嘛，最重要是開心，趁你們還年輕的時候多出來轉轉也沒什麼不好，以後工作就明白艱難了。」

「哎，大哥你也玩過？」

一副往事不堪回首的樣子，衛禮感嘆道：「我年輕的時候也自己搞過樂團。嘿，當時野心不小，還想要把這個當飯吃。」

「那現在呢？大哥你是專職樂手嗎？」小鬼一臉崇拜的樣子。

「樂手？樂手哪是那麼好當的？」衛禮嘆氣，「一百個搖滾愛好者中，能有半個靠搖滾吃飽飯就不錯了。我現在也只不過是靠著年輕時組樂團的經驗，勉強在公司混了個內勤做做，糊口而已。」

「大哥，你還是很有本事的，最起碼你現在就是那百分之零點五之一的成功人士！大哥你果然很厲害啊，不愧是會用自動販賣機的人！」

這小鬼，衛禮都無力吐槽了，只能伸出手揉了揉他的腦袋。

「你不懂？像那些真正靠樂團混出來的樂手，才是真的厲害。他們啊，他們可是……嘿，我跟你說這個幹嘛呢。」衛禮自嘲道，「對了，你叫什麼名字？小鬼。」

「哦，我叫……」

「**啦啦啦啦，德瑪西亞，啦啦啦啦，德瑪西亞～**」

一陣詭異的鈴聲響起，衛禮對小鬼做了個抱歉的手勢，立刻接聽。

「哎，是我、是我，正在買呢。」

「什麼，現在回去？可我還沒……」

「好好！我知道了，馬上就到！」

掛上電話，衛禮急匆匆道：「公司有事，我得回去工作了。小鬼，下次有緣再見啊。」

「哎，大哥你等等。」

身後的少年連忙喊住他，遞了兩瓶水來。

衛禮一臉疑惑地看著他。

「我之前就看到了，大哥你也是要來買水的吧。這兩瓶算是你剛才教會我用自動販賣機的謝禮，拿去吧！趕快回去吧，大哥，公司不是在催了嗎？」

真是、真是好人有好報啊！

衛禮淚眼汪汪地收下這兩瓶水，向辦公大樓飛奔而去。

「小鬼，下回再見面的時候，我請你吃飯——！」

長長的尾音在衛禮拐過一個拐角後消失，小鬼還站在原地，抱著幾罐咖啡傻傻地揮手。

一隻手卻突然敲在他腦殼上。

「站在這傻笑什麼？」

總是一臉人家欠了他三十萬的付聲走到他身後，拿走小鬼手裡的一罐咖啡。

「去買個水都這麼久，你還有什麼事能做好？」

嚴歡回頭，看著付聲。

「我剛才遇到了一個特別好心的大叔，我在感謝他！」

「好心？」付聲不屑地冷笑，「這世界上對你好心的傢伙都是別有圖謀，誰知道那個好心的大叔，背後是不是在做什麼陰暗交易。人家也許只是拿你來耍著玩。」

「靠，你的思想才陰暗！敢不敢不把人想得那麼壞?!」

「是你太天真。」付聲揪著他，「沒時間了，別讓我們等你，快走。」

「哎，真的，都八點四十三了！約好是九點試音的，你怎麼不早說！！」嚴歡一看時間，還真的急了。他們與草莓負責篩選表演樂團的工作人員約好時間，九點正式前去面試，而現在只剩十幾分鐘的時間了。

付聲不理會他的抱怨，淡定地揪著小鬼的衣領。

「現在去剛剛好。還不都是你一去不回，不知道的還以為你去西伯利亞買水了。」

「這附近沒有便利商店，我又不會用自動販賣機，嫌慢你怎麼不自己來！」

「我懶。」

「什麼狗屁藉口。」

「不是藉口，是命令。」

兩人一邊鬥著嘴一邊走遠，走的正是和之前衛禮離開的同一個方向。

而與此同時，衛禮終於搶在八點五十五分爬回十二樓，累得像條狗一樣趴在辦公室前。

「催、催、催你妹，為什麼催得這麼急？」

旁邊的搭檔小劉接過他手裡的水，憐憫道：「我也不知道，是上面的命令。說是這一組來面試的樂團裡有大人物，要我們好好做準備。」

「大人物？」衛禮不屑，「大人物早就被兩家音樂節搶著預約演出時間了，怎麼會跑到我們這邊來參加面試？」

「這你就不知道了吧？這是一支新組的樂團，雖然沒有名氣，不過成員基本上都是大牌。」小劉遞過去一份面試樂團的資料，上面有樂團成員的詳細簡介。

「為了看這支新樂團，連夜鷹那邊都有人過來了。」

夜鷹？那支風頭正盛準備出道的樂團，沒事跑到他們這邊來做什麼？衛禮不太有興致地翻著資料，很快他就發現原因了。

「付聲！這個傢伙，竟然跑到這個小樂團來了？」

難怪了，難怪夜鷹的人會過來。對於放了他們鴿子的老團員，他們肯定是要來瞧一瞧究竟的。

衛禮對這支新樂團起了興趣，繼續翻下去。

鼓手，向寬。

這傢伙沒什麼名聲，沒聽過。

接著往下看——

「我靠靠靠靠！！！！他們是什麼人，連這傢伙都挖出來了，他不是退出獨立音樂界了嗎！！」手指顫抖地指著一個名字，衛禮幾乎都快說不出話來。

貝斯手，陽光。

曾經飛樣樂團的貝斯手。當年飛樣樂團的成功和他們的死亡事件可是轟動了整個國內獨立音樂界。對於這位自甘墮落的貝斯手，業內很多人都是扼腕嘆息。

沒想到，已經快要成為傳說的陽光，竟然又以這種方式回歸！

「怎麼樣，夠大牌吧？」一旁的小劉竊笑道，「當時看到資料的時候，我也嚇了一跳。不過總算可以明白，為什麼上頭會這麼看重這一次面試了。」

衛禮不說話，他繼續往下翻，希望看看最後一個主唱兼節奏吉他手又是什麼大人物。

可一翻，他就呆住了。

嚴歡，誰啊？聽都沒聽過。再一看年齡，十七！靠，不就是個小毛孩嗎？最後資料上還附上一張照片，衛禮一眼看去，下巴都快掉到地上。

這、這、這，這不正是剛才和他聊天的那個小鬼嗎?!

原來小鬼口中說的新組的樂團，根本不是什麼學生玩票樂團，而是這樣一個聚集著天才與傳說的怪物新人樂團?!

嚴歡還是第一次走進這麼高的辦公大樓。

見他一副劉姥姥進大觀園的表情，付聲不耐煩地把他揪了過來。

「跟著我，不准說話，不准亂看。」

心裡緊張的嚴歡只能連連點頭，緊緊跟在付聲身邊。而在他們身後，向寬和陽光看著付聲像護崽的老母雞一樣拽著嚴歡，紛紛感到好笑。

這一次草莓舉辦面試的場所，在這幢辦公大樓的第十二樓，可是當他們幾個走到電梯前才發現，這幢辦公大樓的電梯竟然正在修理中。當場一行人就呆住了。

「這、這難不成是要我們爬十二樓？」向寬道。

付聲只是看了一眼標注著不能使用的牌子，轉身就向樓梯走去。

陽光也緊跟著他，臨行還調侃向寬一句：「不走樓梯，那你飛上去試試？」

無奈之下，四個人只好去爬樓梯，不過這十二樓的高度爬下來，最少也得多喘十口氣。拽著嚴歡走在前面開路的付聲，卻在樓梯口遇到了意外情況。

在樓梯口，有另一群人和他們同樣，正準備上樓。當付聲踏上樓梯的第一階時，有另一隻腳和他踏上了同一層臺階。對於自己的所屬領地有著特別的維護意識的付聲，立刻抬頭看了看誰是侵占者。

「哎，你們也要上樓？」一個看起來二十出頭的年輕人看著他們，「好巧，我也正準備走這條樓梯。」

現在已經接近九點了，一般辦公大樓的上班族都已經待在各自的辦公室內，這個時候還會走樓梯的只能是外來的訪客。很顯然，眼前這個不速之客也和嚴歡他們一樣，是到這座辦公大樓來的客人。

看著對方明顯超前衛的打扮，還有那背後的吉他盒，付聲瞬間明白了他的身分。顯然，也是和他們一樣去草莓面試的樂團。

「你走你的，我們走我們的，有什麼問題嗎？」看著這個突然冒出來的傢伙還站在樓梯口不動，嚴歡出聲抗議了。你要爬樓梯就爬唄，堵什麼路啊？

「不不不，問題可大了。」這位不知姓名的年輕人搖頭晃腦，指著樓梯道，「俗話說先到先得，占者為王。我也不是不准你們走這條樓梯，只是既然是我先來的，就該是我先走。而你們，只能跟在後面，明白？」

看著得意洋洋對他們晃著食指的傢伙，嚴歡幾個人都面面相覷。

實在是，實在是……太幼稚了！這傢伙是哪裡來的幼稚園生嗎，竟然連這一點事情都要爭個先後！

沒有注意到對方幾人看著自己就像在看著神經病的眼神，年輕人繼續道：「既然這樓梯是我先占了，那就得我先走，你們墊後，明白了沒？」

嚴歡看著他，嘆氣，對於這種心智與外貌嚴重不符的成年人，他沒有心力去計較，只打算讓這個執拗的傢伙先走。

先走就先走吧，難不成他還能搶到肉吃？

而就在嚴歡幾人準備讓一步的時候，意想不到的情況發生了。

「誰允許你先走？」一直沒有出聲的付聲，突然開口。

他緊緊盯著對方，神色冷漠道：「給你兩個選擇，一，從樓梯前離開走其他路；二，在我們所有人都抵達目的地後，你才能踏上樓梯，在這之前，不准移動半步。三秒鐘時間給你選擇，一、二……」

「你、你！」對於這種比自己還霸王的霸王條款，這個年輕人顯然目瞪口呆，「你怎麼能這麼蠻橫！」

「彼此彼此。」付聲淡淡道，「三，既然你沒有選擇，那我就自動默認你選擇第二種。」說著，他將嚴歡往自己身前一拽，「上樓，到了之後再傳個簡訊給我，你們兩個也是。」

「不至於吧，付聲？」同樣目瞪口呆的還有嚴歡，他難以想像一向是幾人之中最成熟的付聲，竟然也會被這個陌生人挑釁，還做出更幼稚的回擊。

「少說話，時間都快到了，給我上去。」付聲推了推一把。

這時候，被他攔著的年輕人大叫起來：「不准、不准，我要先上！這是我先找到的樓梯！」

聽著那殺豬般的喊聲，看著眼前這兩個幼稚的傢伙，另外幾個人都感到十分無奈。

「沙崖！你給我住嘴。」

一聲冷喝，突然打斷了這番幼稚的爭執。只見一個高個子男人快步從後面跑過來，一把將還賴在樓梯上不走的年輕人拉了下去。

「你能不能不要走到哪都給我做傻事！啊？」高個子對著年輕人的耳朵一陣大喝，立刻將他訓斥得乖乖地不敢動彈。

嚴歡看著眼前這一幕，莫名覺得有些眼熟。究竟是哪裡眼熟呢？他視線逐漸偏移，投注到付聲身上，在看到付聲回過來的毫不客氣的凌厲眼神後，嚴歡恍然！

這哪裡是眼熟啊，這簡直就是感同身受！原來這位幼稚園同學，和他是相同境遇啊。莫名地，嚴歡心裡對這個沙崖多了幾分同情。

「很抱歉，我們的笨蛋給你們添麻煩了。」高個子人呵斥完沙崖後，對嚴歡他們致歉，「他智商天生發育不全，總是做一些幼稚的事情。抱歉。你們先走吧，我們還要等團員，等等才上樓。」

付聲打量了他幾眼，似乎終於恢復了原本的理智，沒有多說話，帶著嚴歡幾人就上樓了。

「團長！你幹嘛放他們過去。」沙崖看著對方遠走，不滿地抗議，「明明是我先來的！哎呦，痛！」

狠狠敲打了這傻瓜一下，被稱為團長的男人道：「你以為人人都像你這麼低智商？那世界早就完蛋了！還有，不要隨時都給我惹麻煩，你知道剛才那些傢伙是誰嗎？」

「能是誰啊，頂多不就是和我們一起來這裡參加面試的樂團嗎？」沙崖抱怨著，「大家都是在最底層掙扎的菜鳥，彼此彼此。」

他傻歸傻，可沒有漏看嚴歡幾人身上背著的樂器，除了嚴歡和向寬外，付聲和陽光兩人都將他們的傢伙背過來了。目的為何，一眼明瞭。

「你只看到表面，卻沒有看到最深層的。我問你，剛才壓制著你的那個人，你有沒有覺得他很眼熟？」

「眼熟？好像有點，可能是哪次表演的時候見過？」

腦門再次被敲打了一下，記性不好的沙崖被自家團長痛罵。

「你再給我用你那白痴的腦袋好好想一想，那傢伙究竟是誰！」

「是誰……是誰？」沙崖呢喃著，拚命回想剛才的場景。

那個眼角看人的姿態，還有目中無人的態度，最重要的是那氣死人的傲慢，一瞬間都讓他想起了一個人！

「夜鷹的付聲！怎麼竟然會是那個傢伙?!」

團長無奈地看著他，「你的情報早就落伍了，付聲退出夜鷹都有幾個月了。至於他為什麼出現在這裡，你還想像不到嗎？」

「難、難道也是來參加面試的?!不該啊，他那樣的大人物，為什麼要來搶我們的飯碗。這樣太不公平了！」沙崖忿忿不平道。

「世界上不公平的事還多著呢。」團長卻越過他，看著樓上，「你要是害怕競爭的話，就不該做一個樂手。」

成為搖滾樂手，尤其是成為一名獨立搖滾樂手，你永遠都會面對幾乎時時刻刻壓迫著你的競爭。

無論是誰。

嚴歡一行人，在終於爬完樓梯後，還會發現有一個驚喜在等著他們。

當然，這個驚喜是相對而言的，對於付聲來說這或許不是驚喜，而是一場前所未有的挑戰。

夜鷹，他的老團員們，也是這一次面試的評審之一。

「老衛。」

有人從背後喊住衛禮：「那些面試的還有誰沒到嗎？一開始就遲到，索性把他們踢掉，如何？」

哎呦喂，你這大爺真是站著說話不腰疼。

衛禮看著他，道：「今天情況特殊，電梯壞了，就稍微諒解他們一下吧。我剛才爬上樓來，都費了不少體力呢。咱們得將心比心，你說是吧？」

「行，也就看在你的面子上。」來人招了招手，「那你繼續等，我去裡面坐一會。」

坐、坐你妹！最好把你坐得痔瘡爛屁股！

「什麼玩意。」對著那個傢伙的背影，衛禮翻了個白眼，「就憑那點資歷，還一上來就喊我老衛？」

「嘿，生氣了？」一旁的工作搭檔笑問。

「屁！我就特別看不慣那個傢伙的嘴臉！不就是付聲離開後，蕭侯他們臨時找來的吉他手嗎？還真把自己當一回事了！」

剛才走過來的那一位，正是夜鷹自付聲脫團後，新招進來的主奏吉他。不知是心高氣傲，還是本身情商就有問題，這位夜鷹新任吉他手走到哪裡都是老子天下第一的得意樣子，看著就讓人想踹他一腳。

「還是付聲好多了。」衛禮懷念道，「他怎麼就退出夜鷹了呢？」

「家家有本難念的經！再說了，那個付聲也好不到哪裡去，他那一張冷臉可以凍死多少人啊！」

「我的臉怎麼了？」

衛禮聞言，也嘿嘿地笑起來。

嚇——！

一張冷臉毫不客氣地湊上來，盯著這兩人問：「凍死你們沒有？」

「付、付聲！」兩人齊齊後退一步！

真是不能背後說閒話啊，這說曹操曹操到，來得未免也太及時了吧！

付聲不理會這兩個目瞪口呆的傢伙，遞過一張單子。

「簽到。」

「哦，對對，簽到！」衛禮這才反應過來，替他們做登記工作。而這個時候，付聲背後卻突然鑽出一顆腦袋。

「大叔，不，大哥！好巧，原來你是在這裡工作。」

衛禮看著這張稚嫩的面容，用力揉了揉自己的眼睛，「是你！真的是你，嚴歡。」

嚴歡微愣，「你知道我的名字？」

「這不重要，重要的是你竟然真的是這支樂團的成員。」衛禮表示驚訝，「竟然還是主唱！」

嚴歡皺眉，「不是主唱，是節奏吉他手，而且未來我一定會成為主奏吉他手。」

「你？」衛禮呆住，「那付聲怎麼辦？」

「當然是替補我的空位。」嚴歡得意道，不過他沒有蹦多久，就被未來的替補拎著走了。

付聲拿好簽到的單子，第一時間把嚴歡揪了回來，邊向裡面走邊道：「不要和陌生人說話。」

「可是那個大叔我認識啊。」

「認識也不准，一看就很猥瑣。」

「你看誰都猥瑣，世上有誰入得了你眼啊，大神！」

「哼。」

兩人走遠，一點都沒注意到自己的音量不小，完全被身後的當事人聽到了。

「哈哈，抱歉抱歉。」向寬一邊忍笑一邊道，「他們兩個就是這樣不拘小節，不要介意。」

陽光道：「這兩個笨蛋，一點也不知道不能當面說真話。」

墊後的這兩位說的話，更是兩把刀直插在衛禮心上。

你妹的不拘小節，你妹的說真話！還有那嚴歡臭小鬼，當面喊大哥，背著我就喊大叔！這都是一群什麼人啊！衛禮淚流滿面。

「這裡就交給你了！」他將手中的一疊資料交給搭檔，直接跟在嚴歡一行人身後就走。

「喂喂，你去哪啊！」

「去偵察敵情！」

獨自被留下的搭檔只能手捧著一疊資料，無奈地站著。當其後的沙崖等人趕到十二樓時，看到的就是一個工作人員對著他們傻笑。

其他人呢？

都聚在等候室裡呢。

緊隨其後的衛禮幾乎是飛奔著追了過去，在看到嚴歡他們進了等候室後，他特意停下，仔細整理了一番儀表，咳嗽一聲，才緩緩地推門進入。

「你以為你是什麼東西！」

剛一進門，一聲大罵就將衛禮驚在原地。是誰？是誰給他這麼一個迎頭痛罵？衛禮仔細看去，才發現這不是在罵自己，而是夜鷹的那個新吉他手在和別人吵架。不是罵自己就好，他剛鬆了一口氣，不對！我的二爺爺啊！這白目真是走到哪裡都能惹事，怎麼就不能安靜一會呢？衛禮頭大，連忙走上前勸架。是誰不開眼，惹到這尊大佛了？

「滾。」一聲冷喝，把人澆得透心涼。「不要靠近我半徑五米內，不然會污染空氣。」
嘿，是哪位大爺這麼毒舌？將這小白目罵得夠慘。衛禮心裡還在幸災樂禍，可走近一看，立刻汗如雨下。
能有這麼毒舌、罵人還面不改色的，這裡不正有一位嗎？付聲！
這下可好，夜鷹的前吉他手和現任吉他手要是在這裡動手，傳出去名聲可不好聽。
「兩位、兩位！冷靜一點，有什麼誤會我們談一談，不要上火。」衛禮和事佬一般湊上去，趕緊勸架。
「老衛，是這傢伙給臉不要臉，你找他算帳去！」
而付聲，連看都沒看這二人一眼，直接轉身就走。
這下對方更急了，「你給我站住，付聲！」
「你才給我閉嘴，白痴！」
一聲比他更響的吼聲，瞬間震撼整間等候室，就連原先一些準備看好戲的人都忍不住揉了揉耳朵，看看耳膜有沒有震碎。
嚴歡忍無可忍地站出來，對著那個白痴痛罵。

「究竟是你的大腦迴路堪比蛔蟲，還是你把這裡所有人的智商都看得和你一樣！侮辱你自己沒差，可不要侮辱我們。向寬，你認識這個上來就找罵的傢伙嗎？」

「不認識，好像沒什麼名氣。」向寬道。

陽光添一句：「我知道，剛才有人說這位是夜鷹的新任吉他手。」

聽見這句話，那白痴的背明顯地挺直了一點。

「夜鷹很厲害嗎？」嚴歡繼續問。

「還好吧，也許他們自認為很厲害。」

「比得過披頭四？」嚴歡腦袋裡只記得這麼幾支外國樂團，隨口就拿出一個來說，還是個原子彈級別的。

「沒有可比性。」

「比起你之前的樂團怎樣，陽光？」

陽光回道：「也就一般般吧。」

兩年前飛樣走紅的時候，夜鷹還不知道在哪間酒吧裡混呢。

「那為什麼這個傢伙還這麼跩？」

對方氣急，「你們幾個沒見識的，要知道夜鷹可是……」

「可是什麼？」嚴歡斜眼，「不就是我們家吉他手嫌棄不要的一個樂團嗎，有什麼好炫耀的？還是說你認為自己能比得上付聲，嗯，正好手裡有傢伙，要不要來試一試？」

這下對面的人馬上退縮了，任他再狂傲也不敢輕易和付聲比試。付聲是誰？這幾年獨立音樂界出了名的天才吉他手。

「不要。」

哪想到先拒絕的是付聲，這讓他心裡悄悄鬆了一口氣。

「和這傢伙比，髒手。」

臉瞬間漲得通紅，在周圍人嘲笑的視線下，這位可憐的吉他手氣炸了。

「你們、你們簡直欺人太甚！」

他紅著眼，就要不顧一切地衝過去。

「夠了，不要再在這裡丟臉。」從門口突然進來一個人影，一下子就喊住了他。

「蕭、蕭侯……」

「我們的臨時合約就到這裡吧。」來者看著他，「從現在開始，你不再是夜鷹的成員。」

「不，你們不能這樣對我！」

這下可是來狠的了，就連衛禮都看傻了。

「衛哥，麻煩你先把這吵人的傢伙帶出去。」

「啊！好、好的。」

終於履行了工作職責的衛禮將人帶出去後，室內恢復了安靜。

不過氣氛，卻比之前吵鬧的時候更加詭異了。

所有人都沒有動作，也不說話，只是看著付聲和那個剛剛進門的人——蕭侯，夜鷹的團長。他也是當初和付聲一起，創立夜鷹這支樂團的人。

「好久不見。」還是蕭侯主動打招呼，走到付聲面前，「看來你過得不錯。」

「是不錯。」付聲回道，「而你也和以前一樣，對於沒有用處的東西立刻就拋棄。」

蕭侯輕輕笑了。

「拋棄？我可比不上你，不喜歡立刻就走，連聲招呼都不打。」

兩人互相對視著，一時間，房間安靜得只能聽見眾人小心翼翼的呼吸聲。

這對曾經的老團員，現在是要死灰復燃，還是因愛生恨呢？

突然，付聲覺得手臂被輕輕拽了一下。他側頭，看見是嚴歡站在身後，擔心又戒備地看著他們。這小鬼在想什麼，幾乎從他的表情裡就可以猜到。

付聲輕聲一笑，揉了他的腦袋一下。

「對了，給你介紹一下，這一隻是我的新樂團的團長兼主唱。」付聲突然把嚴歡拉到身前。

「他是一個比你更優秀的樂手。」

這、這是什麼突發狀況！

看著眼前蕭侯那張輕蹙眉頭的臉，嚴歡呆住了。

嚴歡怎麼也想不到，付聲竟然會在此刻把他推出來。還在把他推到這風口浪尖後，自己一個人躲到後面去看好戲。

現在不僅是付聲的這位前團員，整間等候室內的人都在盯著他看，嚴歡不由得有些緊張。

「你就是嚴歡？」誰想到，卻是蕭侯盯了嚴歡片刻後先開口了，「沒想到比我想像中的還年輕。」

他道：「這麼年輕卻被付聲看好，看來你一定是很有實力了？」

鬆的機會。

「我……」嚴歡覺得喉嚨有些乾燥，蕭侯那緊迫盯人的視線不讓他有一絲放鬆的機會。

「不過終究還是太年輕。」打量了嚴歡一陣子後，蕭侯作出結論，「還沒成什麼氣候，跟在你身邊，付聲恐怕還要多等好幾年了。祝你們好運吧。」

看著蕭侯轉身就要走，嚴歡下意識地出聲喊住他：「等等！你剛才的話是什麼意思，什麼叫付聲還要多等幾年？」

蕭侯轉過身來，「你不知道嗎？」瞥了一眼一旁的付聲，他繼續道，「這個傢伙的夢想可是去國際巡演，現在自甘墮落地跟著你們這種小樂團，你認為他還有實現夢想的機會嗎？」

說完，蕭侯自己也覺得有點好笑，竟然跟一個還沒成年的小鬼認真地說這種事。這個年紀的小鬼頭，心裡想過國外巡演這種東西嗎？恐怕他連國外究竟有多少知名的樂團都不知道吧。

「為什麼沒有！」

蕭侯一驚，只聽眼前那小鬼又說了一遍。

「為什麼不可能有機會！」嚴歡直直看著他，「我不知道付聲是想去英國還是美國，哪怕他是要去胡士托，以後我都會和他一起去的！美國巡演，世界巡演，如果有可能的話我還想去外太空表演！」

蕭侯驚訝後，只是嗤笑一聲。

嚴歡不滿地盯著他，「你認為我在說大話？你認為這是不可能的事情？」他用力地握緊拳，突然道，「那行，那我們就先來打一個賭！」

「哦？」蕭侯有趣地看著他，「賭什麼？」

「就賭美國巡演。」嚴歡道，「我們樂團一定會比你們夜鷹更早地在美國開始巡演，一定會成為比你們更出色的樂團！你敢不敢賭？」

蕭侯本來不想理會小鬼的玩笑，但是看著嚴歡堅信不疑的眼神，不知為何，他心裡有些不是滋味。

「賭，那賭注你想好了沒？」他問，「沒有彩頭的遊戲，我可不愛玩。」

「你想要什麼賭注？」嚴歡問。

蕭侯正想開口，一旁突然有人插嘴進來。

「太小的賭注可不夠看，這樣吧，輸的一方立刻解散樂團，就以兩年為期限。」站出來說話的是付聲，只見他雙手環抱站在一邊，輕描淡寫地拋下一顆重磅炸彈！

「付聲！」向寬大驚，「你跟著湊什麼熱鬧?!我說你就算要開玩笑，也別放這麼大的賭注啊，你有沒有考慮過我和陽光的感受？」

「我無所謂。」陽光很不給面子地回道，「隨便他們兩個怎麼搞，反正兩年後誰知道會是什麼樣子？說不定我都已經死了。」

「喂！你這話更像是玩笑啊！」向寬吼他。

「誰知道呢？」

「怎麼樣？」付聲看向蕭侯，「我們已經下注了，你的答案？」

蕭侯看了這熱鬧的四人組一眼，一笑，「好啊，一言為定。」

他又看向嚴歡，「沒想到你比我想像中的還有膽量，這個賭約我就應下了。不過在此之前，你們還是想想怎麼過這一關的面試吧？」

說完，蕭侯轉身離開等候室。

直到他走了，室內才突然像沸水煮開一樣騷動起來，要不是鑒於當事人一方還在場，其他人早就議論紛紛了。

就連嚴歡也沒想到，付聲竟然會下那麼大的賭注，好半天沒有回過神來。

「怎麼，沒有自信？」付聲看著他的臉色，「還是說你認為自己會輸給那個傢伙？」

「我、我才沒有這麼想！」嚴歡否認，「我只是沒想到你這麼相信我而已，兩年時間……」

付聲輕笑，「不是相信你，是相信我自己。要是單憑你的實力，恐怕一輩子連老家都走不出去。」

「我——！」嚴歡張嘴就想反駁，卻被付聲一隻大手給攪亂了。

付聲用手撥亂嚴歡的頭髮，道：「不過那傢伙說得也對，在這之前還是想想怎麼通過面試吧。聽說夜鷹也是評審，恐怕會刁難我們。」

「那傢伙是這麼小心眼的人嗎？」

「蕭侯那傢伙只是人模人樣，心眼比針還小。你自己多當心一點吧。」

「什麼叫我當心?!那你們呢，不會只靠我一個人吧？」

「沒辦法，誰叫你是團長兼主唱兼未來的主奏吉他，重擔就都交給你了。」

感覺著付聲拍在自己肩上的手，嚴歡有些欲哭無淚。

「我，我想出去透透氣。」他覺得要是再繼續待在這裡，恐怕會窒息而死。

「批准。」

等到終於從等候室走出來的時候，嚴歡深深地吸一口氣。

「差點以為會被悶死！」

他不敢走遠，只是沿著外面的走廊走到陽臺。十二樓的高度，一陣清風撲面而來，一下子讓嚴歡精神了許多。

「美國巡演啊，還是兩年的期限。」嚴歡望著樓外，喃喃自語道，「感覺好像是在做夢一樣。」

「我倒是一直在做夢。」一個沉默很久的聲音突然插進來。

「John？」

「夢到和年輕時的朋友一起組樂團，夢到成功出第一張專輯，夢到上萬人來看我們的演出，夢到……樂團最後解散。」John的聲音顯得有些低沉，「附到你身上之後這麼長的時間，突然覺得過去就好像全是一場夢，是不是真實的，我都已經不清楚了。」

「John……」

「到最後，我連為什麼要走搖滾這條路都不再記得了，甚至已經失去了對它的熱愛。」John道，「有一段時間，甚至完全沒有去觸碰它，而是去做另一些事情。」

「那時候你不愛它了嗎？」

「不知道……或許是迷惘吧，實現了夢想後，才會發現現實中突然多了很多其他的東西。」John道，「而且即使獲得了成功，即使得到了認可，也會有一種空虛感。因為那時候我明白，有些事情是我無論如何努力都無法實現的。」

「比如？」

「世界和平。」

「噗！咳，咳咳！抱歉，John，我不是故意要笑的。」

「你笑吧。」John不在意道，「其實我也覺得好笑，竟然想要以一人之力做這種事情，最後全是徒勞無功。」

嚴歡漸漸安靜下來，「John，你知道嗎？在我們這裡有一句話，叫做有人的地方就有江湖，有人的地方就有紛爭。大概的意思就是，只要是人類生活的地方，就免不了有爭端和戰爭。」

「嗯。」

「不過，我覺得你做的那些是也不完全是徒勞無功。最起碼，你是在以自己的方式在去實現理想。」嚴歡突然想到，「對了，John，你不是英國人嗎？那你以前的樂團有沒有過美國巡演的經驗？」

「你是指哪一次？」

「……你這是在拉仇恨嗎！」嚴歡有些咬牙切齒，別以為他聽不出老鬼語氣裡故意炫耀的意思。

「我們巡演都已經是上個世紀的事情了，誰也不知道現在會是什麼情況。」

「是嗎？只有兩年啊，也不知道究竟能不能成功。」嚴歡喃喃自語。

正在他發呆的時候，身後卻突然傳來一陣腳步聲。

「哎，嚴歡？」

「啊！大叔！」嚴歡下意識就喊了出來。

衛禮有些苦惱地揉了揉太陽穴，「你還是叫我名字吧。」

「可是那樣不是太不禮貌了？」

總比被你喊大叔來得好！衛禮腹誹，妥協道：「那你就和其他人一樣，喊我衛哥好了。不要再喊大叔，我還年輕呢！」

「衛哥好。」嚴歡訕笑著，將功補過，「衛哥永遠青春，永垂不朽。」

「去你的。」衛禮哭笑不得。

「對了，馬上就開始面試了，你怎麼在這？」

「出來透透氣。」嚴歡尷尬道。

「透氣？」衛禮似笑非笑地看著他，「也是，我看你再待在裡面，可能就要被憋壞了。話說你膽子還真不小，那個賭約的事情，我們工作人員也全都知道了。」

「真是好事不出門，壞事傳千里……」

「哈哈！敢下這種賭注，你膽子夠大！」

那不是我膽子大，是付聲那傢伙瘋了！嚴歡是啞巴吃黃蓮，有苦說不出。

「我也只是出來透口氣，沒想到會在這裡遇到緋聞主角。」衛禮背靠在欄杆上，吸了一口菸，「不愧是年輕人，真有衝勁。」

看著衛禮吞雲吐霧的樣子，想起初遇他時兩人的對話，嚴歡突然開口問：「衛哥，你現在還有在玩搖滾嗎？」

「搖滾？」衛禮抬頭，輕輕笑了一聲，「那種燃燒生命的東西，我已經玩不起了。」

搖滾是一種燃燒生命的音樂。

沒有勇氣的人不敢去觸碰它，沒有毅力的人無法追隨它，沒有天賦的人不能擁有它。然而即使是擁有了這三樣，能不能走到最後，往往還是要看運氣。

衛禮吐了一個煙圈，緩緩道：「而我很不巧，就是一個沒有天賦也沒有毅力的傢伙，只是在年輕的時候憑著一腔熱血玩上搖滾，但是到頭來，我還是沒有辦法成為一個真正的樂手。沒辦法，像我這樣懶散的傢伙能混個溫飽就不錯了，哪還有心思去追求什麼夢想。」

他看著嚴歡，「夢想這種東西是你們年輕人才有的。」

「你剛才不是說自己還年輕嗎，衛哥？」嚴歡道。

「哈，哈哈！那句話怎麼說的？雖然我還有著一個青春活力的外表，但是內心已經傷痕累累。」衛禮道，「我現在哪有那個美國時間去玩搖滾？每天上班下班、賺錢、養家糊口，就已經夠我忙的了。」

衛禮撣了撣菸灰，那星星灰塵被風吹散，很快就消失得無影無蹤。

「嚴歡，你猜我第一眼看見你的時候在想什麼？我在想，這哪來的不知天高地厚的小鬼，怎麼一個人跑到這種地方來了？連自動販賣機都沒見過，難道就不怕在這個大城市裡被人拐了嗎？」

「我還是有點常識的！」嚴歡不滿道。

「呵呵，後來你說你是玩搖滾的，我就想果然是這樣，除了玩搖滾的瘋小子，還有哪裡的年輕人會這麼莽撞呢？我就想到了自己年輕的時候，也和你一樣瘋瘋癲癲地一天到晚和伙伴們聚在一起，學也不上了，整天就在搞樂團。直到有一天……」

衛禮頓了頓，「直到有一天突然發現，老爸的頭髮怎麼就突然白了一半呢？我媽是什麼時候，連上個樓梯都要喘半天氣了。還有小時候我看起來無比大、能讓我隨時回去的家，是什麼時候變得那麼冷清破舊？在那個時候我才突然覺得，我要是還一直在外面混，沒有出息，爸媽早晚有一天會為我操碎了心。

「沒有前途的搖滾，和上了年紀的父母，我該怎麼選？」衛禮笑了笑，「所以我才說我現在不玩搖滾了，耗不起了。」

他看著嚴歡有些落寞的表情，連忙道：「當然，當然我不是指你！嚴歡，像你這樣年紀輕輕又前途無量的小鬼，還是大有可為的。有付聲，還有那麼多人一起陪著你，不繼續闖下去都對不起老天爺。」

「那衛哥你就真的不玩搖滾了？」

「偶爾還是會自己彈一彈的，畢竟這麼多年了，不可能完全放下來。」衛禮道，「不過感覺和以前是全不一樣了，現在拿起吉他的時候，會想一想，從前的那些伙伴現在都在哪，在做些什麼？哎，你這麼看著我做什麼？」

見著嚴歡一臉被觸動的表情，衛禮哭笑不得，「這是很正常的事情，小鬼！這世界上玩搖滾的人百分之九十都會在半路退下來，像我這樣現在能找到一份相關的工作，已經很不錯，該知足了。」

「衛哥，你心裡還有夢嗎？還會想起以前組樂團時的心情嗎？」嚴歡問。

「夢啊，這東西。」衛禮看著樓下，十二層的高度，讓下面的行人和車輛看起來都十分渺小，就像可以輕輕捏碎的物品一樣，「在它面前，我們實在是太渺小了。我已經不會做夢了，嚴歡。」

當日復一日地在搖滾的路上掙扎時，偶爾的一回頭，看見白髮蒼蒼的父母，看見讓他們擔心而一無所獲的自己，看見已經不再那麼牢固、搖搖欲墜的家，還能如何去堅持自己的夢想呢？

在這樣的現實面前，即使再痛苦，也都不得不放棄自己的夢吧。因為人除了做夢，還是要過日子的啊。

衛禮走後，嚴歡一個人又在陽臺上站了好久，安靜地看著樓下的道路。曲曲折折，相互交錯，不知道哪裡才是盡頭。

「John，你說我以後會不會像衛哥那樣，也要在夢想和現實之間選擇？」

「你的夢想是什麼？」

「這個……目前第一步是實現去美國的巡演吧，之後再一步步來。」

老鬼嗤笑道：「是嗎？還真是簡單的夢。如果你連這個夢都無法實現的話，我勸你還是老老實實回去讀書結婚生孩子吧。」

「這個夢很簡單嗎！別拿你的標準來要求別人好不好！」嚴歡被他氣炸。

「很難嗎？」老鬼反問，「你知道每年每天有多少樂團在美國、在世界各地巡演？上百、上千甚至上萬。如果你連這萬分之一都做不到，你還想完成什麼？

「還記得你從家裡跑出來的那一夜嗎？別告訴我，你已經忘記了那時候的心情，嚴歡。」

「我……」嚴歡趴在陽臺的欄杆上，「我只是不知道，自己究竟能不能做到。你也說過，我的吉他不算好，天賦也不算高。而且如果以後……以後我爸媽年紀大了，我總不能真的不管不顧吧？」

「怕什麼，你不是有一個弟弟就要出生了嗎？」

「John！」

老鬼道：「你知道我以前像你這麼大的時候，是怎麼想的嗎，歡？」

「……」

「什麼都不想。」John說，「什麼都不想，只要一直向前看就好。總有一天，會走到你想要去的地方。」

「那要走多久？」

「不知道，也許一兩年，也許二十年，也許一輩子。」

「……」嚴歡沉默了，他在想衛禮剛才的那些話。

夢想這東西，真的那麼難以實現嗎？如果被迫放棄的話，又會有多痛苦呢？至少，現在的自己可以隨心地去追逐，這已經是很幸運的事情了。

至於，要花費多少時間？就像John說的那樣，再多的時間，當你走到那一步的時候，終會發現自己已經在那了。

那個時候，就是夢想實現的時候。

「嚴歡！」付聲突然推門闖進來，「時間到了，跟我回去。」

「哦，嗯。」

嚴歡跟著付聲一路走回去，看著眼前那個人好像從來不曾彎曲的背影，忍不住出聲。

「付聲，你有沒有後悔過？」

「後悔？」付聲轉頭。

「就像是因為搖滾而放棄了什麼，因為搖滾而失去了什麼，或者是其他後悔的事情。」

「沒有。」

「一點都沒有？」

付聲道：「在我的生命裡，不存在比搖滾還重要的東西。為它放棄任何事物，我都不會後悔。」

說完，又道：「下回不准再問這麼白痴的問題。」

付聲的話裡聽不到絲毫的迷惘，就像他說的，他生命中最重要的就是搖滾，並為此一直執著。與他相比起來，嚴歡的猶豫不決和躊躇都顯得太稚嫩了，太沒有毅力了。

「你還差得遠。」John評價道。

「是啊、是啊，我明白。不論是心態還是實力上，我都比這個傢伙差得遠去了。」嚴歡道，「不過從另一方面看，有這麼一個超強的人做伙伴，實在是一件幸運的事情。」

「是嗎？」John淡淡道，「要是哪一天，因為你而拖延了他前進的路，希望到時候你還能說得出這句話來。」

想起付聲剛才的話，嚴歡後頸一陣惡寒。要是真有那一天的話，付聲一定會毫不留情地把他喀嚓了吧！

「阿彌陀佛，佛祖保佑，希望不會有那一天。」嚴歡連忙雙手合十地祈禱。

「發什麼瘋？」走到門前，付聲轉過身來看了他一眼，把他拉了進去。

走進大廳的時候，嚴歡才發現其他人都已經準備完畢，就差他一個了。向寬立刻走了過來，對他囑咐道：「規則變了，等等的面試就在這個大廳，一團接著一團，被選到的人先上。」

「什麼，在這麼多人的面前？」嚴歡大驚，他還從來沒有在這麼多專業或半專業的樂手面前表演過。當然，和于成功的那一次不算。

「這是蕭侯建議的，也許他就等著看你掉鍊子。」付聲道，「你還真的要讓他如願？」

「我沒那麼說啊。」嚴歡一扭頭，看見坐在評審之中的衛禮，正在和他揮手打招呼。嚴歡也舉著手回應了一下。

突然，腦袋被人用力掰了回來，付聲正面無表情地看著他。

「現在沒有時間讓你到處亂看，給我認真準備。」

「可我還不知道這一次的題目是什麼？他們是有備好了歌曲，還是讓我們自選曲目？」

「他們有給一個主題。」向寬回答，「圍著這個主題，無論是表演原唱還是翻唱都可以。」

「是什麼？」嚴歡問。

「夢。」付聲道。

夢想，你心中可曾有過？

05

#Pray it out

不不不放棄

窸窸窣窣，窸窸窣窣。

人們竊竊私語的聲音彙聚在一起，彷彿魔鬼的低咒聲。質疑、嘲笑、憐憫，許多種情感包含在裡面，最終讓那個被議論的可憐人再也忍受不了，面色蒼白地匆匆跑出了大廳。

而在他離開後，周圍的其他人依舊在品頭論足。

嚴歡看著那個主唱跑了出去，以及身後去追他的樂團伙伴，感覺有些壓力。

「看到了嗎？」付聲對他道，「這就是蕭侯打的好算盤。」

「不、不就是當眾表演嗎，也不至於那麼緊張吧？」嚴歡爭辯道，「這裡的人平時在酒吧裡表演得還少嗎？這裡不就這麼幾個人，剛才那個人也未免太過在意了。」

剛才那一組進行面試的樂團，因為主唱太過在意自己的聲音，反倒是出了幾個錯誤。在他自己意識到這一點後，周圍同樣是樂手的評價和議論便讓他再也忍受不了，羞愧難當地逃出去了。

那麼面試，自然就是失去資格了。

「這完全不一樣。」付聲道，「在酒吧或者是Live House，不可能有現在這麼大的壓力。要知道，在這裡的都是同樣專業的樂手，他們不僅可以輕易挑出你的錯誤，還是你的競爭對手。有什麼比在競爭對手面前丟人現眼，更讓心高氣傲的人受不了的？」

付聲說：「越是自負的人，在這樣的場合下越容易出錯。而像你這樣平時就勉強的傢伙，就更不用說了。」

嚴歡用一種詭異的眼神打量著付聲，這傢伙好意思說別人自負，他自己就是這裡面所有人當中最臭屁的那個了吧！

不過，這樣的付聲會緊張，是嚴歡用腳趾頭想都知道不可能的事情。單聽他的語氣就知道，這傢伙現在完全是在看別人的好戲，自己一點負擔都沒有。

嚴歡心裡嘆一口氣。我要是也像付聲這麼鎮定，不不不，即使只有他十分之一的氣定神閒，也就滿足了。

「付聲的自負和冷靜都是源自於實力。」John 吐槽他道，「至於你，還是再等十年吧。」

嚴歡剛想出聲，只聽老鬼又道：「不過十年之後的付聲，恐怕又到了你難以企及的高度了，所以我勸你要趕上他的最好方法……」

嚴歡豎起耳朵仔細聽。

「就是趕快放棄，回去做一場好夢。」

雖然知道沒什麼好話，但是聽見John這麼說，嚴歡還是有些被打擊到了。

「難道我這一輩子都趕不上他了嗎？」

他一邊在心裡問老鬼，一邊用一種哀怨的眼神看著付聲。

「別說是你，這世上能超過他的吉他手，用兩隻手都能數得過來，你以為自己會是這十分之一嗎？不過，也不是完全沒有希望。」

「嗯？什麼？」

「至少在唱歌這一方面，付聲是比不上你的，你可以永遠站在他頭頂，得意吧？」

「……John！你這說了不是等於沒說！」

嚴歡忍無可忍，徹底無視老鬼的話。

雖說他確實很感激自己有一副好歌喉，讓樂團不至於像于成功他們之前那樣沒有個合格的主唱，但是嚴歡從心底來說還是更希望成為一名吉他手的。

在他看來，只會唱歌的搖滾主唱和那些歌星有什麼不同？只有玩樂器的樂手，才是真正的搖滾樂手！還尚年少的嚴歡一直這麼認為。

「別說是嚴歡了，連我現在都開始緊張了。」看著其他樂團的表現，向寬突然道，「你們看我手心都冒汗了，這種場面對每個樂手都是一個考驗啊。」

「請不要擅自代表我，謝謝。」陽光不冷不熱道。

付聲沒說話，只是輕輕瞥了他一眼。那一眼，卻勝過陽光的無數句話。

向寬默默流淚，轉過身來拉著嚴歡的手。

「我們不要理那兩個壞人，嚴歡，還是你最好。」

嚴歡尷尬地笑著，其實很想把手抽出來，被一雙手心冒汗的手抓住的感覺實在是太不舒服了。

「歌曲定好了，你確定就選那一首嗎？」這時，付聲突然問道。

「嗯？不行嗎？」嚴歡有些忐忑，「還是說只能選經典的搖滾曲目？」

「並不是，其實歌曲的分類完全看樂手怎麼去演繹，任何歌都可以變成搖滾曲。」付聲道，「我擔心的是另一點，你是否能把這首歌唱得合格。」

「付聲！」向寬著急了，「你怎麼這麼說？」

「他說得也沒錯。嚴歡比我們都年輕，比我們都經歷得少，而歌唱是需要投入感情的，他真的有演繹好這首歌的能力嗎？」陽光也道，他和付聲兩人齊齊看著嚴歡。

「我、我還是認為，我可以的。」嚴歡道，「雖然不一定能唱出別人的那種感覺，但是我會按照自己的方式來表達這首歌，不行嗎？」

他看著付聲。

「……既然你這麼有信心，那就沒問題。」付聲回視他，「不過在上場前，把你要表達的感覺告訴我們，我們調整一下節奏和曲風，等等需要配合好你。」

「哎?!啊，是、是的！」

沒想到剛才還質疑自己的付聲，這麼快就開始配合，嚴歡心裡有些小驚訝。

「他還是信任你的。」John道，「作為一個主奏吉他手，信任主唱是必要的。」

是這樣嗎？

嚴歡不知不覺地緊盯著付聲，被付聲嚴厲一瞥後，趕緊埋頭加入討論去了。

「下一個，The Prayer。」

當一名評審報出了接下來的面試者，現場立刻起了一些小小的騷動，所有人都在等著看嚴歡他們的表現。

嚴歡和團員一起走上前，悄悄深呼吸一口。被這麼多人看著不是第一次了，但是被這麼多專業的樂手盯著卻是史無前例，緊張是難免的。

付聲他們在工作人員的配合下，調試好樂器，嚴歡上前一步，走到了麥克風前。在面前的評審席上，他看到了蕭侯，還有坐在他旁邊和他說話的幾個人。那些人也是夜鷹的成員嗎？他們對自己和付聲，是怎麼看的呢？

雖然嚴歡十分在意，但是蕭侯他們看都沒有看一眼嚴歡，像是對這個小人物毫不在意。

不知為什麼，嚴歡在此時竟然想起了剛才那個被蕭侯當場踢出夜鷹的吉他手。那個傢伙雖然自大又討厭，但也是一個對搖滾心懷夢想的人吧。然而他的夢想，卻只因為蕭侯的一句話就破滅了。

還有衛禮，嚴歡在評審席上看見他時，他正對著嚴歡偷偷地眨著眼睛。因為諸多原因無奈放棄搖滾的衛禮，現在他的身旁就坐著獨立音樂界大紅大紫的夜鷹樂團，他心裡是怎麼想的呢？

他有沒有後悔過當年放棄夢想的那個決定？

「請開始表演。」

呼——

嚴歡輕吐一口氣，抓緊了麥克風。

沒有前奏，嚴歡唱出的音符就是第一道聲音。像是再問別人，問付聲，問向寬，問陽光、衛禮、蕭侯，以及在場的所有人。

又，像是僅僅在問自己。

你所追求的夢想究竟，是什麼？

「**你是不是像我在太陽下低頭，**

流著汗水默默辛苦地工作，

你是不是像我就算受了冷漠，

也不放棄自己想要的生活。」

執著追求的夢，其實不像想像中的那麼美好，也總有痛苦的時候。

「**你是不是像我曾經茫然失措，**

一次一次徘徊在十字街頭。」

嚴歡閉上眼，耳邊彷彿聽見衛禮對自己說的話。

在家人和搖滾之間，我能怎麼選擇？

——放棄了夢想。

又彷彿看到陽光對他們說。

我已經不想再碰搖滾了。

——放棄了夢想。

彷彿無數人痛哭的臉、無奈的臉、流淚的臉，都盡在眼前。

一遍又一遍地，一次又一次地，無奈而痛苦地放棄夢想、放棄夢想、放棄夢想！

少年的聲音漸漸低沉，彷彿陷入了無限的低谷，無法逃離。

噌——！

一個吉他的強烈音符衝擊進來，像是打了一針強心劑！

付聲的手指在弦上猶如舞蹈般跳動著，一陣又一陣地用節奏敲打著心靈，似乎是在控訴著什麼，控訴什麼！

嚴歡睜開眼，他聽見了付聲的聲音。

那個總是自滿自負、驕傲得無與倫比的傢伙，正在用吉他的聲音對他說——

我永遠都不會停下腳步。

付聲說，在我的生命中，沒有任何東西比搖滾重要。它是我活著的唯一理由。

不去在乎別人怎麼說，不去在乎這個世界會怎麼對你，甚至不去在乎夢想這東西會對你有多殘忍。

你只要睜大眼，記著！

心底那份從不放棄的執著，與愛！

因為，無論怎樣，走到這條路上的你，都還銘記著一點。

在困難的時候，在流淚的時候，在被迫要放棄的時候，都請記得這一點。

「**我知道，**

我的未來不是夢！」

衛禮手中轉動的筆，不知什麼時候已經掉到臺上了。夜鷹樂團正在私下交流的幾人，也轉移視線，看著臺上正在演出的那支樂團。

這樣的樂聲，這樣的歌聲，這樣全情投入的每一個人！

他們是誰？

——是音樂的祈禱者。

——是搖滾的悼亡者！

The Prayer！

蕭侯緊緊皺著眉頭，無論身邊的人在他耳邊說著什麼，他只看著那個少年，其他什麼都聽不進去。

這個嚴歡，有點超出他的想像。

蕭侯原本以為，即使付聲新選的這個主唱再怎麼優秀，也只不過是一個出色一點的會唱歌的傢伙罷了。而這樣的人，在大馬路上走隨便都能撞見幾個。但是，嚴歡卻和他想像中的不一樣。

他不僅是會唱歌，而是會唱搖滾。

這個少年的聲音，是最適合唱搖滾樂的，他在每一句歌詞裡投入的情感，也是那麼顯而易見。渲染力與震撼力，這是搖滾主唱所必備的一項技能，而嚴歡兩者皆有。雖然他的嗓音不符合一般意義上對搖滾主唱要求的沙啞有力，但是這種略帶生澀的清越歌聲，卻更讓人眼前一亮。

就好比蕭侯，他就從嚴歡的聲音裡聽出了許多人。

像是以前國外樂團 The Queen 主唱那華麗優美的聲線，像是很多同樣以嗓音清澈而出名的主唱，而最讓蕭侯容易聯想到的一個人，卻是一個國內的大人物——藍翔。

沒錯，聽這麼一個小鬼的聲音，竟然讓蕭侯想起了藍翔，這讓他在心裡都對自己有幾分懊惱。

此時，嚴歡他們的表演已經結束，不意外地收穫了眾人的掌聲。蕭侯看見身旁草莓工作人員的表情，很明顯他們也被悼亡者樂團打動了，有意要將嚴歡他們留下來。

這不對，這完全不對，和自己最初的構想完全不符！蕭侯緊緊捏住拳頭，他看著嚴歡，看著付聲，看著他們樂團嬉笑打鬧的每一個人，都覺得是那麼的礙眼。

如果讓付聲的新樂團在這裡得到了認可，對於他蕭侯來說，就是一種最大的屈辱！這等於是間接向外人證明了，付聲的選擇沒錯，付聲拋棄夜鷹去新的樂團，是因為夜鷹的問題，而不是付聲自己！這個天才吉他手在哪裡都能擁有出色的未來。

到時候，所有人都會對付聲和他的新樂團充滿欽佩和好奇，而對被付聲拋下的蕭侯和夜鷹，他們會怎麼看？

嘲笑，憐憫，還是落井下石？

無論是哪一種，都是蕭侯的驕傲無法忍受的！

不行，一定要想辦法阻止這一切發生。接下來的時間，蕭侯基本上都沒有在聽其他樂團的表演，而是全副心思在算計著，該怎樣才能阻止付聲和他的新樂團出名，阻止他們走到自己的前面。

一切能利用的資源和人脈在他腦海裡飛速旋轉著，蕭侯想到了此刻應該做的第一件事，就是不能讓草莓選中付聲他們。無路如何，這一支礙眼的樂團都不能和夜鷹同臺，在草莓音樂節演出！

轉眼間，每一支參加面試的樂團都表演過了，評審組的人員起身，準備到後面的房間去做具體商議。蕭侯也慢慢站起身來，跟在他們身後向門外走去。

他已經想好該怎麼做了，只要用這個辦法，付聲他頂了天也進不了草莓音樂節。

「等一等。」

就在評審們快走出大廳時，突然有人出聲，喊住了他們。蕭侯和其他人一起回頭，有些驚訝地發現出聲的竟是付聲。

「有什麼事嗎？」作為主辦方代表的衛禮問。

「沒什麼，我只是想說，既然面試結束，我們也該先走了。」付聲道，「走之前跟你們告別一聲而已。」

「走？」衛禮驚訝，「可是我們的評審結果還沒有出來啊，最起碼也要等到結果出來了，通知你們以後再走。」

「這不重要了。」付聲道，「無論你們面試是怎樣的結果，這對我們來說都沒有意義。先告辭了。」

在場的所有人都目瞪口呆，包括嚴歡他們三人！可是看著先走出去的付聲，他們只能追上去。

「等等！你們就不再考慮一下嗎？」衛禮連忙喊道，「放棄這麼一次近在眼前的機會，不是很可惜嗎！」

這句話裡的暗示意味已經很明顯了，草莓會選中他們。一時之間，其他參加面試的樂手投向付聲等人的眼神，都帶著些複雜的意味。

「都沒有意義了。」付聲停住腳步，留下最後一句話，「而且有些事情，也不是你一個人說了就算的。」

蕭侯心裡一驚，難道已經被付聲看出自己的打算了？可既然這樣，這傢伙來參加面試幹什麼？一開始就不打算入選的話，還過來這裡，是來戲弄他們的嗎？

蕭侯緊緊咬著牙，怒視著付聲他們遠去。

而在他旁邊，衛禮在聽見付聲那句話後卻是思考了很多，再也沒有出聲挽留。

另一頭，下樓的時候比上樓輕鬆許多，付聲一個人走在前面，其他三人在後面火急火燎地追趕。

「付聲！你不給我把話說清楚，今天就別想回去！」

難得好脾氣的向寬也發了大火。

「你說來就來，說走就走，不跟我們說一句就做決定，這是什麼意思！」

「……」

「之前說要認真準備的是你，現在莫名其妙放棄的又是你，你是在玩草莓，還是在玩我們？啊？說啊！」向寬氣急，幾乎都要衝上前去拉住付聲的衣領。

「不會進的。」

「什麼？」

「只要有蕭侯在，他就不會讓我們登上草莓音樂節。」付聲頭也不回地道，「那個人，什麼辦法都用得出來。」

「可是、可是草莓又不是他家辦的，哪輪到他說了算？」

「是嗎？如果夜鷹對摩登天空的主辦方說，在他們和我們之間，只有一支樂團能進草莓。你認為，摩登的人會怎麼選？」

「這、這不至於吧，也許還有回轉的餘地，也許那個蕭侯還做不出這樣的事來。」向寬猶豫一下，支吾道，「總之，你哪怕做決定之前先跟我們說一聲也好。這樣突然就把我們拋到腦後，你究竟是怎麼想的，付聲！」

付聲沒有再回答他，只是一個人往樓下走。

向寬急了，「嚴歡，你也說他幾句。你就不生氣嗎？你準備了這麼長的時間，還這麼期待……嚴歡？」

他喊了好幾聲都沒有反應，回身過去一看，嚇了一跳。

只見嚴歡默不作聲，臉色卻很是難看，兩手緊緊握住，手背上都露出了青筋。

這哪裡是不生氣啊！這是氣爆了好嗎！

「冷靜、冷靜！你不要理那個暴君，先冷靜下來，我們深呼吸啊。」嚇得向寬連忙安慰嚴歡，可是自始至終，直到走出這幢辦公大樓，嚴歡都沒有吭聲，也沒有說一個字。

走到門口，始作俑者的付聲像是絲毫沒有注意到嚴歡的臉色，自顧自地說了一句有事要做，就不知去哪了。留下向寬和陽光，向寬小心翼翼地看著嚴歡，生怕他太過激動一時做出什麼事來。

良久，嚴歡才開口。

「我去買瓶水。」

「哎，等等，我和你一起去。」向寬就要跟上去，卻被陽光拉住了。

「別去了，讓他一個人冷靜冷靜。」陽光道。

「可是這小子現在神情不太對啊，他不會被付聲氣昏了吧。」向寬擔心道，「明明為了這次面試，精心準備了那麼久，這說放棄就放棄，也不商量一下，付聲未免也太過分了。」

「你早該知道。」

「啊，什麼？」

陽光看了他一眼，繼續道：「你早該知道付聲就是這樣的人。不然他為什麼在圈內沒有人緣，他又為什麼會離開夜鷹？付聲的壞脾氣一直以來都明擺著，只是你們之前都忽視了而已。」

陽光接著道：「和那個傢伙同團，就要做好隨時解散的準備。」

「不至於這麼嚴重吧！」

陽光沒有再說話，可以說這支樂團中除了付聲外，只有他一個人清楚團裡究竟還有多少不穩定因素。這些因素哪怕只要爆發一個，這支剛剛組成的樂團也會立刻分崩離析。

而其中一個就是付聲，付聲的吉他是任何一支樂團都趨之若鶩的，而付聲的性格也是任何一支樂團都避之不及的。可以說一直以來，嚴歡他們見到的付聲都只是其中一面，而今天這個獨斷專行的傢伙，才是付聲的真正性格。

這個吉他手可不是那麼好掌控的，你會怎麼對付他呢，嚴歡？

嚴歡悶不吭聲地走著，有幾次都差點走進路邊的草坪去。

John不得不在意識裡提醒他：「冷靜冷靜，不然你衝進馬路上怎麼死的都不知道。」

好吧，嚴歡聽話地停下來了，他不再亂跑，找了一個地方坐下來。

許久，才在心中開口：「John，我現在心情很不好。」

「嗯。」

「可是我不知道為什麼。」

「你是在生付聲的氣？」

「好像是。」

「那你為什麼要生他的氣？」

「還要問為什麼嗎？」嚴歡炸毛道，「他說放棄就放棄，有問過我們的想法嗎！如果他之前就打算放棄，為什麼還要讓我們辛苦練這麼久？」

「你覺得付聲不應該放棄？」

「……也不是。」想起了剛才面試時的氣氛，還有蕭侯那明顯不懷好意的眼神，嚴歡支吾道，「我當然，當然也是知道這麼做是有原因的，繼續留在那裡對我們來說可能也不會有什麼好處。可是付聲他那麼一意孤行，完全沒有問過我們的意見。說要來參加面試的是他，臨時決定放棄的又是他，從頭到尾我好像一直都在被他耍著玩！」

「你是在生氣他沒有告訴你。」老鬼想明白了，「你生氣的是付聲不信任你，他做決定並沒有事先告訴你。」

「……我才沒有！我只是覺得他這麼做一點都不尊重我們，不尊重搖滾！」

「付聲做出的決定，雖然沒有考慮你們的想法，不過卻是正確的。向寬只是氣惱，並沒有像你這樣生氣，而陽光則是根本沒有在意。從頭至尾，因為付聲的所作所為而大動肝火的只有你一個而已。」

John道：「就因為太過在意付聲，所以他做的每一件事，都會對你造成很大的影響。」

嚴歡無話可說。

「不過我要糾正你的一點是，你可以說付聲這麼做是沒有信任你們，但是你覺得一個將搖滾當成生命的人，會不尊重搖滾嗎？」

「……」

「付聲做的一切，無論看起來是任性還是肆意，都只是為了一個目的——更接近他的夢想而已。」John勸說道，「你和他擁有同樣的夢想，為什麼不能諒解他？」

「我……」

「如果是在生氣他不信任你的話，嚴歡，錯不在付聲，而在你。」

「什麼！」嚴歡瞪大眼，一臉不可思議。

「付聲為什麼一意孤行？為什麼有事都不和你們討論，而是自己一個人扛。這和你給他的印象也有關係，如果你是一個值得依靠的人，付聲或許會來找你商議，甚至是找你幫忙。」John道，「而現在樂團裡，只有什麼都不懂的你，整天樂呵呵的向寬，還有心不在焉的陽光，你讓他能去依靠誰？除了自己做出決斷，現在付聲沒有可以依賴的人。」

經John這麼一說，不知為何，嚴歡竟然還覺得付聲有點可憐起來。

「你說的，好像什麼事都是付聲在扛著一樣。」

「本來就是這樣。」John說，「無論是樂團本身的問題，還是在你不知道的角落發生的各式各樣的麻煩，你以為都是誰在解決？」

要發展好一支樂團，空有一腔熱血可不行，在現實中要面對的問題還有許多，而這些都是嚴歡以前連想都沒想過的。他以為大家做好自己的職責就可以了，付聲彈好吉他，向寬負責鼓，陽光練回他的一手好貝斯。只要這樣，樂團就能很好地發展下去。

嚴歡以前就是這麼想的，直到現在，他才發現自己似乎太天真了。

難道付聲，真的面對著很多他所不知道的困難？

「……你自己慢慢想吧。」John看他似乎有些妥協，說道，「總之，每一個任性的人背後，都有著不為人知的困擾。這你是不明白的。」

「John，你這麼瞭解付聲，難道以前在你們樂團裡，你也是個像付聲這樣獨斷專行的傢伙？」

「……」

這一回，老鬼可沒有再出聲了。

嚴歡覺得自己似乎說中了，竊笑一聲，不去戳破John的遮羞布。

呲哐。哐啷，哐啷。碰碰碰！

耳邊似乎一直在傳來奇怪的雜音，嚴歡忍不住抬頭去看，一望之下不由得地驚呼：「等等，你在幹什麼！」

他連忙衝過去，想阻止那個在搞破壞的傢伙。然而還是晚了，那個破壞狂一樣的傢伙，又用力在自動販賣機上敲了幾下，嚴歡似乎聽見了什麼破碎的聲音。

「住手！」他連忙拉住那個暴力分子，「等等，等等！你究竟是要做什麼，把警察引過來嗎？」

「嗯？」一直對自動販賣機拳打腳踢的傢伙終於回過頭來，他看著嚴歡。「我只是想從裡面拿東西。」

這個陌生人一開口說話，嚴歡就渾身一顫，好像有什麼東西順著脊梁向上滑了過來。

「你沒事吧？」見嚴歡奇怪的樣子，陌生人道。

「沒、沒什麼！」嚴歡窘迫得要命，他總不能說自己聽一個男人的聲音聽出神了吧。

「那正好，幫個忙吧。」陌生人道，「我想拿出裡面的東西，但是找不到這個玻璃的開關在哪裡，應該是故障了？總之你和我一起打破它，拿出來的東西分你一半。」

嚴歡一頭冷汗，見那人又要動手，連忙吼道：「你是想被請去警察局喝茶嗎！笨蛋！」

「……笨蛋？」陌生人僵了僵，墨鏡下的眼睛盯著嚴歡看了好久。

「呵呵，那什麼，」嚴歡爆發後，在對方的視線壓迫下苦笑道，「聽我解釋。」

五分鐘後，墨鏡男接過嚴歡遞過來的一瓶礦泉水。

「這個是自動販賣機，不是自動拿取機。你想要裡面的東西，是要投幣進去付錢的。」嚴歡對他道，「像你那樣砸，只會砸壞了。」

墨鏡男擰開瓶蓋，「誰教它用透明玻璃罩著，又放在這，我只以為是讓人隨便拿。」

嚴歡一頭黑線，這人比自己還沒常識。

墨鏡男舉起礦泉水，灌了好大一口。

「呼……，剛才和你說那麼多話，差點以為自己要啞了。」用水潤了潤喉，墨鏡男鬆了口氣。

「你的喉嚨？」

嚴歡一臉驚訝，他也發現了，只是說了幾句話而已，眼前這個陌生人的聲音一下子變得沙啞許多，之前那種好聽的音色不見了，反倒是變得像一個破風扇。這讓嚴歡心裡升起一股深深的惋惜，以這人嗓音的條件，如果做主唱的話絕對是超一流水準的。

墨鏡男笑一笑，不甚在意：「出了點小毛病。」

他似乎不在意自己的缺陷，拿了一瓶水在手裡，又在身上摸了半天，半晌，略帶歉意地抬頭道：「抱歉，我似乎沒帶錢包。」

「沒關係，沒關係！」嚴歡連連搖手，「就一瓶礦泉水，當我請你好了。」

「呵，謝謝。」

對面的人輕輕一笑，嚴歡發現自己耳朵似乎都要酥麻了，這個人連笑起來都那麼好聽。他的目光停留在對方的喉嚨上，看見那裡有一道不顯眼的疤痕，心裡又深深嘆了口氣。可惜啊……

「告訴我你的名字吧。」墨鏡男道，「要是下次再遇見的話，我就請你吃飯。」

怎麼最近的人都喜歡玩這種緣分的遊戲？想起之前衛禮也說過類似的話，嚴歡有些好笑。

「我叫嚴歡，如果下次還能見面，不用你請我吃飯，我請你。」

墨鏡男笑了，「也好。」

之後兩人告別，各自走向相反的方向。嚴歡回去的時候，發現向寬他們還在原地等。

「久等了，我剛才買了些水回來，喝嗎？」

「喝……喝。」向寬狐疑地看著心情大變的嚴歡。

嚴歡不在意，四處望望，「付聲呢，我也幫他帶了一瓶。」

「他剛才打電話來，說先回去了，似乎有急事。」向寬小心翼翼地打量著嚴歡的神色，發現他似乎沒有因此生氣，鬆了口氣，「總之不要管那個傢伙了，我們先回去吧。」

「嗯。」

三個人離開，向租住的小旅館走去，這一次從老家到這個大城市來參加面試，他們可是在外面訂了房間住。

「對了，向寬。」半路上，嚴歡像是突然想起什麼，問道，「要是以後我的喉嚨壞了，不能唱了，你說該怎麼辦？」

「你這什麼烏鴉嘴！」向寬瞪他。

嚴歡不在意地笑一笑，「只是突發奇想而已，不過就算有那一天也沒關係，反正我還有吉他。」

不過，那些只依靠聲音的人，如果有一天失去了他們的歌喉又會如何呢？

是絕望，是憤世嫉俗？

還是……

嚴歡突然想起了那個墨鏡男的臉，半秒之後，連連搖頭。

不可能，怎麼可能毫不在意。

對於那些歌唱的人來說，他們的歌喉就像是吉他之於付聲一樣，都是絕對不能失去的東西。若是失去，必定痛不欲生。

不過，如果真有人毫不在意，輕鬆笑過，那在他的心底深處，又是怎麼想的呢？

06

#Pray it out

再見了

結束了草莓面試之行，回到本市的時候，已經是第二天的中午。

嚴歡只是簡單地收拾了一下，又帶著一臉倦容出門了。沒辦法，他還要去學校，不然若是出席天數不夠，到時候連畢業證書都拿不到就該哭了。

而學校裡的同學見到快一週沒露面的嚴歡，態度則有些奇怪。以前那些總是喜歡在嚴歡背後竊竊私語、發出笑聲的女生，這一次沒幾個人敢盯著他看，就連班上的男生都沒有人主動過來和嚴歡說話。

這一切都讓嚴歡不禁懷疑，只是一個禮拜沒來，自己怎麼就被孤立了？

還好，在這個班上，嚴歡還是有最後一個戰友的。

「嚴歡！」剛從教室外進來的李波走過來，驚喜地大喊，「你回來了，結果怎麼樣？」

他是整間學校裡唯一知道嚴歡在玩樂團的，嚴歡去草莓面試，李波也是知道的。

嚴歡苦笑著，點了點頭，又搖了搖頭。

「究竟是什麼意思，過了，沒過？」

「其實，事情是這樣的……」

將事情原委簡單地說完後，李波忿忿不平：「這個付聲也太大牌了吧，他說怎麼樣就怎麼樣，都不考慮你們的感受？」

嚴歡說：「其實也不能全部怪他，我們……自己也有一些責任。」

他說話彆彆扭扭的，老鬼在意識裡輕笑一聲。

抬頭，只見李波像見鬼了一樣看著自己，嚴歡不自在道：「幹嘛？」

「沒、沒……嚴歡，你沒發燒吧？」李波伸手探著他的額頭。

「我好得很！」嚴歡沒好氣地甩開他的手。

「不不不，我簡直不敢相信，你竟然會幫別人說話，承認自己有錯。」李波探頭看了看窗外，「世界末日已經過了，不是在開玩笑吧？」

「你就不能說點好聽的嗎？」嚴歡板著臉，「我有你說的那麼過分？」

「老實說嚴歡，」李波正經起來，「當你的朋友是一件很幸運的事情，因為你很講義氣，也不喜歡占人便宜。」

聽見他這麼說，嚴歡的臉色好看了一點。

「不過你有一個缺點……」李波小心翼翼地打量著他的神色。

嚴歡大手一揮，「說！不和你計較。」

「好吧，你的缺點就是，你基本上不承認自己是個有缺點的人。」李波道，「這麼說吧，和自戀有點不同。在你和別人產生衝突的時候，你一般都會堅持認為自己是正確的，而錯誤在別人身上。你有沒有覺得，一旦別人做的事情超出了你的預期，你就會很不開心？

「其實你看起來很隨和，不過本性是有點自傲的，嚴歡，我這當然不是在說你壞話。」李波道，「總體來說，你還是個很好的人，但是人無完人嘛，你懂的。」

嚴歡不出聲，他在仔細反省，自己真的是這種性格嗎，為什麼一直都沒有發覺呢？

俗話說得好，當局者迷。

「不過，你現在竟然能主動為別人說話，將責任攬在自己身上。」李波感慨，「真是長大了，長大了啊。」

「呿，別這副口氣，你又不是我老爸。」嚴歡愣了一下，想起自己的父親和母親，心裡突然又多了很多想法。

他母親，已經住院一陣子了吧，預產期到了嗎？還有他老爸，自從上次離開咖啡館之後，他就一直沒和家裡聯繫，也不知道現在家裡情況怎麼樣了……

李波見嚴歡突然不說話，緊張道：「我真的不是在說你不好啊，真的！嚴歡，無論別人怎麼看你，我一直都是你堅定不移的支持者！我是站在你這邊的。」

嚴歡好笑道：「你又在說什麼呢？」

「你沒發現嗎？班上和學校裡的人最近都在說你的、你的……」

嚴歡問：「我什麼？」

「因為你老是不來學校，老師們又不管你了。他們都說你在外面認識了不三不四的人，現在當小混混在做些不乾淨的事，所以都沒什麼人敢跟你說話。當然我是知道真相的，他們都誤會你了！不然我去和他們說說……」

「別去！」嚴歡突然打斷了他。

李波一愣。

「別去，他們要誤會，就讓他們誤會吧。」嚴歡道，「不要把我練搖滾的事情告訴別人。」

「可是……」

「沒什麼可是，那些人怎麼想我也不在乎。」嚴歡不在意地笑，「只要我自己知道我在幹什麼，就夠了。」

「好吧。」

剩下來的半天，嚴歡明顯感覺到李波說得沒有錯。班上除了李波，沒有人再來和他說話，雖然同在一間教室，但是感覺就像是完全處在不同世界一樣。

不過，即使他們沒有排擠嚴歡，嚴歡也發現自己已經無法融入這些人裡面了。他們每天想的事情和嚴歡完全不一樣，或許為某個異性的一顰一笑而心情起伏，或許有數不清的青春期煩惱，或許和家裡的大人每天產生些小摩擦。但是嚴歡，他現在的生活重心只有一個，搖滾，搖滾，除了搖滾還是搖滾。

就在這一刻，嚴歡明白了付聲當初的那句話——我的生命中，沒有什麼比搖滾更重要。曾經，嚴歡以為那是熱愛搖滾的一種境界，自己是萬萬還達不到的。

可是直到這一刻他才知道，當你的生活中除了搖滾別無所有，那就再也找不到比它更重要的東西了。

因為你已經為了搖滾，而一無所有。

心情變得有些低落，嚴歡渾渾噩噩地過完了下午半天，看著其他人三三兩兩地離開，他婉拒了李波的邀請，還是決定一個人回去。

在離開教學大樓的時候，一群男生抱著籃球打鬧著從嚴歡身邊走過，那笑罵聲過了好久還徘徊在嚴歡的耳邊。他認得其中一個男生，高一的時候嚴歡也曾和對方一起打過籃球，說起來，嚴歡的籃球打得還挺不錯的。

可是現在，他看著自己右手和左手上的幾個老繭，這一雙已經不是用來打籃球的手了。

十七歲少年青春洋溢的生活離他只有咫尺，但是嚴歡的世界裡卻是一片安靜，那個世界已經不再屬於他。嚴歡有些失落，低頭走著。

走到校門，他突然覺得附近的女生反應有些奇怪，她們聚在一起，裝作不在意又偷偷打量著校門口，這個反應……

「怎麼才出來？」

熟悉的聲音傳來，是一貫的低沉磁性的音調，嚴歡可以感覺到附近的女生又小小地興奮了一陣。

他錯愕地看著那個突然出現在校門口的人，反應不及。

「你、你怎麼會在這？」

對方不耐道：「當然是來找你。」

「找我？」

付聲一步步走近，「幫你請個假，順便帶你一起回去。」

他走過來的時候，嚴歡突然一愣，他似乎聽見了另一種聲音。付聲強勢地插入，讓他原本安靜的世界多了另一股力量，吉他活力而又激越的節奏，彷彿迴響在他耳邊。

「回家吧。」付聲說，拽著嚴歡就帶著他離開校門。

「這邊人太多，我受不了。」他低聲說著。

嚴歡頓了一下，卻突然笑了。

付聲一臉奇怪，「怎麼了？」

「沒有、沒有，只是突然想笑。」嚴歡回道，他看見附近的學生驚訝地看著付聲拉著自己離開。

他突然想知道，在這些學生眼中，現在的自己是個什麼模樣，像不像一個被不良分子找茬的小混混？不過他又想，無論在他們眼裡自己是怎樣的，都和自己無關了。

因為他的世界，已經和他們不在同一條路上。

嚴歡加快幾步，跟上前面付聲的步伐。

他已經擁有了另一個與眾不同，而且不再平凡的，搖滾帶給他的世界。

所以，再見了。

心裡悄悄道了聲別，嚴歡踏上路，頭也不回地離開。

嚴歡心中的小小感傷還沒持續多久，回到付聲的住宅，一個令人吃驚的消息又衝擊了他。

「又去？」他結結巴巴道，「可、可我們不是剛從那邊回來嗎？」

嚴歡小心翼翼地揣測著，「難道是衛禮大哥傳來消息，決定邀請我們去草莓了嗎？」

付聲斜他一眼。

「那、那是要去參加其他的音樂節選拔？」

「現在草莓和迷笛的樂團初選都已經結束，還有哪裡有音樂節？」

其實還是有的，四五月份是全國音樂節集中舉辦的時期，不過在付聲眼裡，除了這兩大巨物以外，其他的自然全都看不上眼。

「都不是，那……我們是去旅遊？」

付聲道：「我為什麼要和你單獨去旅遊？」

嚴歡惱羞成怒，「那究竟是去幹什麼，你直接說不就好了！」

「去看表演。」

「看什麼？」

「國外樂團的演出。」付聲道，「明天，在H市的一家Live House，有來自日本和歐洲的三支樂團演出，這是難得的一次機會。」

他看著嚴歡，「尤其對於你來說，只有接觸到國外的樂團，你才能真正瞭解這個世界的搖滾是什麼模樣。」

嚴歡吞了口唾沫，「都是些來歷很大的樂團嗎？」

「當然，那些都是……」付聲剛想說什麼，看著嚴歡又停了下來，「算了，反正你也不認識。」

嚴歡不服氣，「你說了我就認識了啊！不然也可以上網查，別這麼瞧不起我好嗎。」

付聲還是不打算鬆口，「沒必要，你不需要知道他們的名聲有多顯赫，只要聽他們的表演就好。你自己去認識他們，從他們的音樂中。」

由於付聲一番欲語還休的介紹，讓嚴歡對明天的表演充滿了期待，他晚上甚至因此失眠，在沙發上滾來滾去，差點滾落地板。

「John，明天會有歐洲來的樂團表演，會不會有你的熟人？」嚴歡突發奇想道，「要是真有的話，要不我上去搭個話，讓你也能敘敘舊？」

John沒有太大的熱情，「鬼魂怎麼敘舊，還是你要暴露這個祕密？」

「這、這個……」

「而且我認識的人，不大可能來這裡。」

「怎麼說？」

「他們不是已經死了，就是不再演出，這麼多年過去，還在堅持的少數人約莫也被時代淘汰了，成為歷史的塵埃。」

John道：「搖滾的更替可是很頻繁的，屬於我們的那個時代早就是過去式了。」

「這麼殘酷？」嚴歡擔憂道，「那會不會若干年後，我也會成為別人口中的搖滾的過去式？」

「也許吧。」老鬼淡淡道。

嚴歡不由得開始臆想，幾十年後，白髮蒼蒼的他，坐在一大堆搖滾新血面前，講述自己輝煌的過去，然後欣賞著年輕人們崇拜敬仰的目光，好像……好像也滿不錯的。

老鬼啞然失笑，他感受到了嚴歡的臆想，但是沒有去理睬。

成為搖滾的過去式，是一件簡單的事情嗎？

年輕人還是做做美夢好了。

第二天，嚴歡一大早就起來了，他在臥室外等著付聲起床，然後看著他洗漱完就開門向樓下走去。

「怎麼，就我們兩個嗎？」

「向寬要看店，陽光要去打工。」付聲一邊下樓，一邊道，「還有我只付得起兩個人的門票錢，再多沒有。」

「喔。」

下午兩點，兩人抵達目的地，H市某家Live House門前。

時間才到下午，可這家Live House門口早已經排起了長龍，等待的人都快要排到馬路對面去了。

「這麼多人？」嚴歡扶了扶下巴，「都是來看那幾支樂團表演的？」

這麼白痴的問題，付聲不屑回答。他只是帶著嚴歡，一直走到隊伍的最前頭，完全沒有守規矩排隊的打算。

「這樣不太好吧。」感受著附近傳來的哀怨眼神，嚴歡抖了抖，「我們還是排隊，不然引起眾怒……」

「沒這個必要。」

付聲說著，對正站在 Live House 入口處維持秩序的保鏢遞出某張名片，對方接下，有些吃驚地看了付聲兩眼。

「原來是付先生！請進，這邊有特殊通道。」

看著保鏢立刻開闢一條專道，嚴歡目瞪口呆。

「你剛才遞了什麼出去？」

付聲順手一甩，那張名片落到嚴歡眼前，嚴歡連忙伸出接住。

這實在是一張很簡潔的名片，黑色打底，橫豎只有兩個字──付聲。

「這、這就可以了？」嚴歡不可置信，「就算你是名人，他們不擔心有人用假名片冒充你嗎？」

付聲頭也不回，「白痴，人家不會看臉嗎？」

這年頭，別人入場是刷門票，只有付聲是刷臉的！

嚴歡再一次認識到了，在獨立音樂界，付聲的地位是他望塵莫及的。

跟在付聲身後，兩個人走過一條長長的走道。一路上，走道兩邊貼著很多海報，嚴歡好奇地張望著。他發現這些都是各個樂團演出的宣傳海報，有些是近兩年的，有些則有些年頭了。在這裡面，嚴歡甚至還看到了夜鷹的演出海報。

「夜鷹也在這家 Live House 表演過？」他看著那張海報，上面的付聲和現在沒什麼區別，只是看上去青澀了一些。再一看時間，是兩年前，難怪，想必當時付聲的自傲還沒有醞釀到現在這個等級。

聽見嚴歡的問話，付聲沒有開口，只是用手指了指夜鷹海報後面的那張，嚴歡湊過去看。

「這是……飛樣！」他激動地驚呼出來。

這是三年前的一張海報，上面是一群青春洋溢的年輕人，似乎拍海報時有些緊張，每個人臉上都帶著些忐忑，但是更多的卻是期待。嚴歡看見海報上的介紹——**獨立搖滾界最出色的新星升起，來自天空的飛樣！**

上面幾個人的面孔嚴歡都有些陌生，不過看到一張臉，他卻愣住了。

「這是陽光？」

他不敢置信地問付聲，付聲點了點頭。

嚴歡瞪大了眼，海報上那個一臉羞澀地被吉他手勾著肩膀、笑得靦腆的年輕人竟然是陽光！和現在這個死氣沉沉，總是很少笑的陽光是同一個人？

那個時代，屬於飛樣的陽光笑得靦腆，但是眼睛裡的光卻是遮掩不住，就像他的名字一樣，展露著初升朝日一般的光芒。

海報已經有些舊，帶著些時光的痕跡，是那些一去不返的歲月。嚴歡的視線久久無法挪開，他看著海報上的飛樣，還有那個笑著的陽光，好像入了魔一樣。

「什麼時候，在我們樂團，陽光也能這樣笑就好了。」他低低地道。

付聲不置可否。

在此時，一個人突然插口道：「難得有人喜歡這張海報，這可是我的珍藏。」

嚴歡連忙轉身看去，只見一個陌生男人不知什麼時候站在不遠處，他面容端正，只是下巴處有一道刀疤，破壞了整體的感覺。

「付聲，好久不見。」男人很自然地給了付聲一個擁抱，「這次的演出竟然把你也勾來了，真是意外之喜。這位是？」

嚴歡有些拘謹，只聽付聲道：「我現在的團員。」

一下子，嚴歡就覺得那男人打量自己的眼神變得不一樣了。

「付聲的現團員？」音調不自覺地上揚，男人看向嚴歡，「很有兩把刷子啊，竟然能把付聲釣到手。」

「一般一般啦。」嚴歡謙虛道。

「很不錯了，我看好你，小子！」刀疤男笑道，「對了，別站在外面了，我們進去說話。」

他帶著付聲和嚴歡進了一個房間，進門後才說起正事。

「這次來我這裡，不僅是為了看演出吧？你直接把目的說出來吧，付聲。」

「背好囉！你行嗎？」

將最後一個水泥袋放到陽光肩上，同組的工人有些擔心地看了看這個並不健碩的小子。

陽光沒有說話，只是背著肩上的幾袋水泥就走，步伐穩穩的，讓一旁擔心的人也放下心來。

一旁休息的工人道：「沒想到這小子看起來瘦，還是有些力氣的嘛。」

「呿，沒力氣，人家會來工地上做臨時工？」有人嗤笑他。

周圍的議論陽光都沒有聽進耳裡，他只是來回地搬運水泥袋，累的時候就稍微休息一會，再接著幹。

在這座建築工地，搬運一類的工作是最苦最累也最沒技術性的苦工了，專職的工人一般都不願意幹，所以工頭們只能出價請一些臨時工來做苦力。而陽光，就是今天這一批臨時工之一。

薪水是按搬運的件數計算的，搬了一下午，直到太陽從頭頂落到西邊，陽光才被通知說可以休息了。

他拍了拍身上的灰，發現怎樣都拍不乾淨，索性不管了，直接去工頭那邊領錢。

「嗯，我來算一算……」工頭拿著一個小本本，計算著他一下午的業績，片刻後，掏出一小疊紙幣遞給陽光，「這是你今天的薪水。」

陽光將手在褲子上擦了擦，接過錢塞進口袋。

工頭看著他，起了伯樂之心，「我看你幹得不錯，肯吃苦又有力氣，怎麼樣，要不要長期在我們在這做下去？待遇不會差你的。」

陽光仔細想了想，搖搖頭。

「抱歉，我還有其他工作。」

工頭只能遺憾地點點頭，看著陽光離開。

陽光走出工地，向臨時的小套房走去，心裡盤算著明天又該去哪裡打臨時工。其實他剛才拒絕工頭的那個理由只有一半是真。工地的工作比起其他打工待遇更加優渥，是個不錯的去處，但是陽光卻不能在一個地方久待。他的習慣就是打一槍換個地方，每一個臨時工作都不會做超過三天。

而且這陣子，他結束工作後還要去練習貝斯，就更加沒有時間接長期的工作了。

此時已經是傍晚，下班的白領和放學的學生將路上堵成一片，路上的人見到滿身是灰塵泥土的陽光都避之唯恐不及，這反而讓他清靜許多。

不去在意周圍人異樣的注視，陽光回到租屋處，第一時間先去沖涼，換了件乾淨的衣服，之後他才拿出貝斯開始練習。

今天付聲並沒有要求樂團集合，於是他也就有了更多的時間去打工，不過回來之後，練習仍然不能耽誤。搖滾從來不會青睞誰，只要你忘記它，它也會很快就忘記你。

要彌補過去兩年的空白，陽光還有很長一段路要走。

手指在弦上撥動，貝斯特有的低沉音質在小套房裡徘徊開來。

一遍，一遍，又一遍地，訴說著什麼。

而此時，H市的某家 Live House 內。

「什麼，你竟然敢提這個要求！」刀疤男看著付聲，就像看著殺父仇人，「不行，不行，絕對不行！不管你和我是多少年的老交情，這件事都沒門。」

看見他反應這麼激烈，付聲淡淡道：「為什麼不行？」

「這還用問嗎？」刀疤男指著嚴歡，語氣激動道，「讓這樣一個不知深淺的小鬼去開場，你是要砸了我的招牌嗎？今天這場演出都是些什麼人來看，你不知道？這要是失誤了，我這家 Live House 以後都不用做了！

「啊，抱歉。」他看著嚴歡，面露尷尬道，「小兄弟，當然我不是不相信你的水準，只是事關重大。」

嚴歡也處在震驚中，只能回以乾笑。

他剛才聽到了什麼？付聲竟然說，要讓他做這一次重要演出的開場，在那麼多傑出的外國樂團之前，做開場！在一群等待著大咖表演的樂迷面前，做開場！

這簡直是要了他的老命，嚴歡一直以為自己是比較有野心的，不過和付聲比起來，他發現自己實在是愧對野心這個詞。

對於刀疤男的拒絕，付聲似乎不打算放棄。

「那就再加上一個我。」

「加上你也不夠，除非是你們夜鷹過來，才有做開場樂團表演的資格。」

聽刀疤男提起夜鷹，付聲神色一暗，刀疤男也很快反應過來自己說錯了話，連忙改口：「我的意思是，這個開場壓力很大，責任很重，必須對得起那些挑剔的樂迷的期待。我怕這小兄弟承受不起，要是給他造成心理陰影怎麼辦？」

和付聲待在一起就是最大的壓力，嚴歡在心裡默默吐槽。

「許允。」付聲突然開口，「你知不知道，陽光現在也在我們樂團？」

刀疤男一愣，不知是聽付聲突然喊了自己的名字，還是因為陽光的名字出現。

「知道啊，這在獨立圈可是個大新聞，我怎麼會不知道？」

「那你知不知道，陽光為什麼會決定復出，並加入我們？」

「這……」刀疤男許允頓住了，「這我不知道。」

「想知道嗎？」

「想！」

嚴歡突然有了不好的預感，悄悄向後退一步。然而還沒等他脫離視線，就已經被付聲一把推到前方。

又來了！嚴歡心裡悲憤，耳邊只聽付聲道：「雖然我也很意外，不過陽光就是被這個小鬼的聲音打動，才決定再次拿起貝斯的。」

許允驚愕地看著嚴歡，那眼神就像在看一個什麼稀罕之物，聖母瑪利亞，勝利女神，還是耶穌基督？總之，就是一個神跡。

付聲繼續誘惑道：「難道你不想聽一聽，能把陽光再次拉回搖滾的歌聲是怎樣的？」

咕嘟——！

嚴歡明顯聽見眼前的刀疤男吞了下口水。

「還是你覺得，我的吉他會比那些國外樂團差？」

「這個……還真沒有。」

付聲說：「那還有什麼好猶豫的？錯過這一次，可就沒有下次了。」

許允陷入深深的糾結中。

嚴歡隱隱覺得，再過幾分鐘，該糾結的人就要換成他自己了。

半分鐘後，他的預感應驗了。

悼亡者的主唱和主奏吉他手，將擔任這一次演出的開場，這個消息很快在樂迷當中傳了開來。甚至連應急的海報都貼到演出廳的門外，海報上沒有演出者的身影，只有簡短的介紹，和簡單的幾行字。

也是通過這一行字，悼亡者樂團第一次在獨立樂迷中，露出他們的冰山一角。

「這個嚴歡是誰？沒聽過啊。」

「可是他年紀很小，看介紹上說才十七歲！」

「這麼小，夠格嗎？」很快就有挑剔的樂迷懷疑起來，不過馬上有人指出了另一個亮點。

「啊啊啊啊啊啊啊！快看，快看！主奏吉他手竟然是、是是是是……！」

「你結巴什麼？」他身邊的人不滿地白了他一眼，自己湊過去看，不過很快也變成同樣的狀態。

「這這這不可能！」

「怎麼了，怎麼了？」有人好奇追問。

「主奏吉他手是付聲，付聲！」

「我知道，是夜鷹的那個？」

「就是他，聽說他是個吉他鬼才，三歲能彈吉他，五歲打敗自己的吉他啟蒙老師，七歲就開始組樂團……」

一個明顯是付聲樂迷的傢伙，如數家珍地對周圍吹噓起付聲的輝煌人生，將眾人說得一愣一愣的。

半晌，有人道：「那這個嚴歡能和他一起組樂團，實力應該也不錯吧。」

「可以期待。」

這個時候的嚴歡還不知道，自己因為付聲的原因，被一大票專業樂迷默默期待起來。不過慶幸的也是他還不知道，沒有因此增加更多的壓力。

嚴歡此時可是欲哭無淚，他因為付聲的突然決定而犧牲，也不是第一次了。

但是這一次，嚴歡覺得一定是他出生以來最大的危機。

要是開場演出搞砸了，他會不會被外面那一群激動的樂迷直接分屍？

嚴歡撥弄著手裡的吉他，看了一旁完全沒有壓力的付聲，眼淚只能吞進自己肚子裡。

許允突然推門進來。

「我已經通知好音響師，你們可以過去試音了，準備好了嗎？」

付聲站起身，看向嚴歡。

「決定好唱什麼了沒？」

「我可不可以申請場外援助？」嚴歡弱弱地舉手問，見付聲不置可否，他連忙借了手機開始打求助電話。

第一通電話打給向寬，可是那傢伙竟然不接電話，一定又在和女友嗶嗶嗶！

嚴歡悲憤地掛斷，順便祝福向寬精盡人亡。

他看著忙音中的手機，想了幾秒，還是撥了另外一通電話。

滴，滴滴，滴滴……

這一次倒是很快就接通了，只聽手機裡傳來一道低沉的聲音。

「喂？」

「喂，我是嚴歡，我我我有個大麻煩，你能不能幫我一下——陽光？」

嚴歡電話打過來的時候，陽光正在吃晚飯。

一杯泡麵配點鹹菜就是他今晚的正餐。手機響起來時，陽光正提著熱水壺泡麵，空不出手來接電話，手忙腳亂之下，開水濺到手臂上，讓他嘶了一聲。

所以接起電話的時候，陽光的口氣就不是很好。

手機另一端的嚴歡被他的語氣小小嚇了一下，因此說話就越發小心翼翼起來。

「其實，我這邊遇到一些小麻煩，你能不能幫忙？」

陽光伸出一隻手將杯麵的封膜蓋上，「什麼事？」

「就是……」嚴歡斟酌了一下，「我正準備進行一場臨時演出，但是想不到曲目，所以想找你諮詢一下。」

陽光很認真地聽了，然後仔細思考起來。

他沒有問嚴歡為什麼不詢問別人，也沒問嚴歡是什麼演出，這些瑣碎都不是他關心的重點。既然嚴歡來找他求助，那他只要做好本分就行了。

「你想唱什麼類型的？」陽光這麼問。

還沒等嚴歡出聲，他又連忙自己否定道：「不，不該問你……問了也是白問。」

嚴歡對於搖滾樂的常識缺乏，在樂團內已經成為一種常識了。

「……」

「你的聲音比較適合低音域的歌。這次是專業演出，還是酒吧表演？」陽光問。

「有很多專業樂迷的那種！」嚴歡急答。

「這樣的話……在那些人耳裡，你的聲音陌生，無法引起共鳴。」陽光想了想，「就只能唱老歌來彌補這個劣勢了。」

「什麼老歌？」嚴歡有些緊張起來，「我不一定聽過。」

陽光這時揭開泡麵蓋看了看，皺眉，嘀咕道：「麵沒爛……」

「妹妹來？」

嚴歡聽岔了，欲言又止，臉上露出一抹紅：「我唱這種歌不太好吧……不過，不過也不是不能試一試……」

他心裡其實有點躍躍欲試，對於這種一聽名字就是十八禁的歌曲，少年人的心裡還是有點衝動的。

陽光回過神，他只聽見了嚴歡的下半句話。

「你說試什麼？」

嚴歡渾身一顫，亂跳的小心臟立刻平復，緊張道：「沒！什麼都沒說！一切都聽您安排。」

一旁看著他打電話的許允，很好奇這小鬼的臉色怎麼像染缸似地變來變去。

兩個人繼續嚴肅地討論。

陽光道：「其實我剛剛想到一首歌，彈給你聽。」

嚴歡受寵若驚：「現在？」

「嗯。」

將手機開了擴音，陽光轉身去拿貝斯。

手指撫上弦的那一刻，他的神色變得溫柔，那是在人前從未顯露過的表情。

如果嚴歡此時看到了的話，大概就不會驚訝於那張舊海報上的靦腆陽光了。

因為這一刻，陽光的神情和三年前一模一樣。

那是源自對搖滾的愛。

「這樣，你聽……」

手指在弦線間撥動著，貝斯的獨特音色通過手機傳遞到另一端。

嚴歡認真地聽著，臉上的表情慢慢有了變化。通過手機傳來的音樂，每一絲每一毫都沒有逃出他的耳朵，被他深深記進心裡。其間，還伴著陽光低低的輕吟聲，就像是在講述一個咫尺的故事。

簡單的一段節奏彈完，陽光放下貝斯，臉上的溫柔又消失不見。

「怎麼樣？」他問。

「……」

手機那端的嚴歡久久沒有回話，陽光安靜地等了片刻。

之後，才聽見手機裡傳來嚴歡的聲音。

「很喜歡。」嚴歡說，「謝謝，我想唱這首歌。」

另一邊，陽光無聲地笑了。

掛掉電話，嚴歡抬起頭，對著眼前兩個在等待的人道：「開場的歌，我決定好了。」

「是什麼？」許允迫不及待地問。

「決定好了，那就去練習。」付聲倒是不急著問，轉身就要向外面走。

「等等，但是……那個，」嚴歡有點尷尬地說，「其實這歌我還不會唱，可以給我一些時間，讓我先學會嗎？」

許允臉色一變，張了張嘴想說什麼，但是回頭見付聲沒有什麼表示，他還是將滿腹狐疑吞下。

付聲卻是習慣了嚴歡的這種表現，反正臨場學歌嚴歡也不是第一次了。

「給你十分鐘時間。」他對嚴歡道，「十分鐘後，你必須學會。」

嚴歡鄭重地點了點頭。

晚上七點，觀眾陸陸續續進場，一間可以容納數百人的演出廳，不到半小時便被塞滿，甚至有一些買到票的樂迷都沒有找到地方站。然而即使這麼擁擠，卻一點都沒有剿滅他們對這一次演出的熱情。

舞臺下的人群竊竊私語，興奮地交換著各自的情報，在這裡的數百樂迷中，有超過百分之九十都是為今晚的三支國外樂團而來的。

沙崖也是其中之一，這一次來表演的國外樂團中，有一支是他從小到大的偶像。為了親睹偶像的現場演出，他早早就做好了準備，卻可悲地在路上遇到堵車，一直到六點多才抵達。

要不是他死皮賴臉地求著門口的保鏢，說不定剛才就進不來了。

「沙崖，這裡！」

一進入演出廳，沙崖就聽見有人喊自己。他探頭一看，只見團長和其他的同伴們正在和他打招呼，他們還特地幫他占了一個位置。

「團長～～～～！」沙崖感動地淚流滿面，當下就朝那邊擠過去，完全不顧被他擠走的路人那憤怒的眼神。

沙崖的團長明斐看著他一臉委屈地奔過來的模樣，哭笑不得。

「好了，來了就好，等等演出就要開始了。」

「什麼開始？」沙崖疑惑道，「正式表演不是七點半才開始嗎？現在還不到七點啊。」

「正式演出之前，不是還有開場？」見沙崖一副不以為意的模樣，明斐神祕地笑笑，「這次的開場不一樣，連我都有些期待。而且這裡站著的人當中，十個有七個是和我一樣的。」

「這麼威？」沙崖驚訝，「是哪支樂團？」

明斐不答，「到時候你就知道了。」

而在後臺，嚴歡還有些怔怔的。在他身前，付聲剛剛彈完一曲，抬頭看他。

「怎樣？」

嚴歡有些回不過神來，「和之前陽光用貝斯彈的感覺，很不一樣。」

「不一樣是正常的。」付聲收好吉他，「這雖然只是一首曲子，但是一千個樂手能將它演繹成一千種不同的風格。」他說著，看了嚴歡一眼。

「一千個歌者，卻可以將這首歌唱出一萬種風格。甚至他們每一次唱這首歌時，感覺都會不一樣。」

嚴歡吞了一下口水。

付聲站起身，「你能選中這首歌，我很驚訝。」

他抬頭，看了看外面的舞臺。

沒有燈光，沒有聲音，它正在靜靜地等待，等待能將另一個世界賦予它的人。

給予這個寂靜的世界色彩與歌聲的，是樂手，是無數為生活和搖滾奔波掙扎的人們。他們平日裡或許微不足道，或許滿身泥痕，但是站在舞臺的燈光下，他們卻可以將音樂賦予世界，將夢想賦予世界。

就要上臺了，嚴歡有些緊張無措，這時，卻突然聽到付聲在前面喊他。

他抬頭，看見背光處一個人影正對自己伸出手。

「過來。」

付聲一手背著吉他，另一隻手對嚴歡伸出。

他說：「和我一起，到這舞臺上。」

Live House 內，眾多的人正在等待著，有樂迷，有音樂人，有樂手。

舞臺後，兩個人遙遙相望。

嚴歡有些猶豫，隨後，握住付聲伸出來的手。

那是一雙修長、布滿許多老繭的手，它不怎麼溫暖，卻很有力。對於嚴歡的回應，它回以緊緊地回握。

這一刻，嚴歡突然有一種感覺。

好像這隻手將一直帶著他，在搖滾的這條路上，走下去。

07

#Pray it out

誰的歌

每一次登場之前，燈光打暗下來的那一刻，嚴歡都會想到很多。

他此時，和身旁的付聲一起站在舞臺上。臺下是數百位翹首以盼的樂迷，臺上是那嚴苛又體貼的吉他手，無論是哪一方，嚴歡都不想辜負他們的期待。

然而握著麥克風微微發抖的手，卻洩露了他內心的情緒。

第一次正式地在這種大場合表演，還是擔任開場，十七歲的嚴歡心裡如一團亂麻。

他真的能唱好嗎？陽光推薦的歌，付聲親自吉他伴奏，讓他來唱出這一首歌，真的可以嗎？

付聲的吉他已經彈出第一道音符，嚴歡心裡一緊，卻有些茫然無措。

此刻，一直沉默旁觀的 **John** 厲聲問：「你在想什麼，嚴歡？」

臺下，樂迷們開始竊竊私語，吉他已經過了開始的一段前奏，主唱卻遲遲不出聲，這是什麼情況？後臺，緊張地關注著情勢的許允也屏住了呼吸，心裡叫糟。

難不成這一次的開場，真的要搞砸了？

不滿的抗議聲越來越響，漸漸地有了要超過吉他聲的趨勢。付聲卻不在意，他閉著眼，依舊一遍又一遍地重複著旋律。極富感情的彈奏，完全掌控人心的吉他旋律，一點一滴地侵占所有人的聽覺。沉默的付聲，僅僅憑著自己的實力，就讓出聲抗議的樂迷們漸漸安靜下來。

而此時的嚴歡，處境卻岌岌可危。

「你心裡一片混亂，你在想什麼，嚴歡？」John問。

「我……我真的能唱好這首歌嗎？」嚴歡第一次對自己產生了懷疑，尤其是之前陽光和付聲的演繹，更是在不知不覺中震懾了他，「陽光和付聲彈奏出來的旋律，都是我完全不能企及的。現在也是，即使沒有我，付聲一個人也能拉住人們的心神。」

「他們是他們，你是你。」

「可是我沒有他們成熟，沒有他們穩重，沒有他們有經驗！我唱不出他們想要表達的情緒，我什麼都沒有！」

「那又如何！」John打斷他，「你不是付聲，也不是陽光，你是你自己。這一首歌，沒有人期待你去唱出陽光或付聲的感情，這是屬於你的歌。」

「……」

「沒有他們成熟，沒有他們穩重，但是你也有自己的故事，有自己的感情。」

「我……」

John道：「你以為，為什麼付聲現在還要一遍又一遍地重複彈著這首曲子，而沒有拉著你這個膽小鬼下臺？

「他在等你。

「這次，它是只屬於你的歌。」

別忘記你對他們承諾過的，你要唱這首歌，嚴歡。

握著麥克風的手緊了緊，第一次慌張失措的嚴歡，在為自己的膽怯羞愧時，卻同時想起了很多。

向他推薦這首歌的陽光，一直在臺上彈奏卻沒有質問他的失常的付聲，他們兩人是不是也認為自己可以唱好這首歌？

這首，有故事的歌。

讓一個人生剛剛開始、毫無經驗的十七歲男孩，來唱這首歌。

讓悼亡者樂團的嚴歡，來唱這首歌。

付聲的吉他獨奏還在繼續，似乎完全沒有在擔心嚴歡的異樣。陽光將這首歌交給嚴歡的時候，似乎也沒有想過如果嚴歡不能唱，會如何？

嚴歡漸漸冷靜下來，他突然想，自己是可以唱好這首歌的。因為他想將這首歌，唱給那些重要的人聽。

許允在臺下已經有些暴躁了，付聲將歌曲的吉他獨奏都快彈完一遍，主唱的那小子卻還是像個木頭一樣。他心裡已經打定主意，不能任由他們胡鬧了。

許允找來一個保鏢，正準備讓他去臺上把那兩個搗亂的人拉下來，異變卻突生——

一道清澈明亮的歌聲像是突然穿破濃濃的迷霧，直落人們耳邊。

那一瞬，似乎聽見翅膀撲扇的聲音。

「我們要飛——到那遙遠世界看一看，這世界，並非那麼淒涼。」

吉他幾個音落，這突如其來的歌聲結束得毫無預兆，所有人都還沒回過神。

而就在眾人困惑間，前奏再起，這首歌終於被完整地唱出來。

付聲的前奏，恰到好處地抓住了人們的心弦。而臺下的樂迷看見，那個一直沉默的主唱，在發出一聲令人驚豔的歌聲後，緩緩閉眼。這一次，他隨著前奏輕輕合著，抓準節拍，然後——開始歌唱。

「我要帶你到處去飛翔，

走遍世界各地去觀賞，

沒有煩惱沒有那悲傷，

自由自在身心多開朗。」

嚴歡輕輕地，帶出心裡的一片低語。

這一次，不是付聲的故事，不是陽光的故事，在這首歌裡他要傾訴的，是自己的故事。

但是這故事裡卻又有很多人，付聲、陽光、向寬，還有很多見不到面的朋友，以及自己的父母。

每一個為搖滾付諸年華的人心裡，有多少個故事？而這些故事裡，又有多少個人？

怕是，總也數不清。

「忘掉痛苦忘掉那地方，

我們一起啟程去流浪。」

那麼，在這樣苦苦掙扎後，究竟有幾個人，能夠實現自己當初的夢想？

是不是，永遠都只能得不償失？伴隨著汗水和淚水消失的，是永不復返的歲月。像衛禮那樣，最後挫敗在現實之前的搖滾人，最後，他會不會後悔？

嚴歡閉著眼，覺得歌詞間的情感，無需思索，就從心裡湧動出來。

不一定有所回報，不一定能功成名就，甚至永遠都不被人理解。

失魂落魄，窮困潦倒，被人駁斥，被人睥睨，作為在這個世上汲汲營營的一個小人物，唯一不同的，是心裡裝著的這一個大夢想。

總有一天，讓所有人都聽到我們的音樂！

帶著身邊的伙伴，將自己的歌傾訴給這世界。

嚴歡心裡燃起一片烈烈火光，彷彿看到一個可以展翅飛躍的無垠天空，就在他眼前鋪開。

「我們要飛到那遙遠地方，

看一看，

這世界並非那麼淒涼。

我們要飛到那遙遠地方，

望一望，

這世界還是一片的光亮。」

而此刻，願與他一同看這世界的伙伴，他們又在哪呢？

付聲奏著手中的吉他，輕輕抬起頭，正看著嚴歡。

陽光坐在屋裡，收拾著泡麵的空碗，然後重新拿起貝斯練習。

向寬匆匆回到店內，拿回遺落的手機，赫然發現上面有一通未接來電。

身在不同地方的樂團伙伴，此刻卻彷彿被一根無形的線凝聚在一起，而這根線，就是對搖滾的渴望。其實，只要有伙伴在身邊，就會發現這個世界並沒有那麼殘酷。當你彈累了，唱累了，總會發現身旁還有人陪著。

而所期盼的夢想，就在那不遠處。

「**雖然沒有華廈美衣裳，**

但是心裡充滿著希望。」

臺上的少年微微沙啞的嗓音，卻猶如清風一般灌入所有人耳中。

「**我們要飛到那遙遠地方，**

看一看，

這世界並非那麼淒涼。」

他歌聲裡所蘊含的溫情和信仰，悄悄地拍打著每個人的心扉。

一時之間，所有人都不由得屏住了呼吸，聽著這歌聲中，來自一個少年的信念。

「我們要飛到那遙遠地方，

望一望，

這世界還是一片的光亮。」

許允本來準備招呼保鏢的手頓住了，他望著臺上的嚴歡，眼中有著驚異。好的歌聲他聽過太多了，而一支搖滾樂團僅有好歌喉是不夠的，它需要的還有樂手之間的默契配合。而這一點，付聲和嚴歡卻奇跡般地做到了。

伴隨著付聲熟稔的彈奏，嚴歡的嗓音略顯青澀，卻猶如初春的青草芳香，沁人心脾。

歌聲不知是什麼時候停止的，然而等臺下的樂迷回過神來的時候，卻發現那旋律好像還迴盪在耳邊，久久不散。像是剛剛從一場舒暢的飛行中降落到陸地，全副身心都是一片清澄。

不知是誰先帶頭鼓起掌來，接著樂迷紛紛給予掌聲。

人們吆喝歡呼著，打著呼哨。

搖滾是激情的，是火熱的，但是這並不意味著它只能高昂，有時獨闢蹊徑的安寧，也能融入人心扉。

所有的歌曲都可以化作搖滾，它不受束縛，不受拘束，若死板地為搖滾樂劃定界限，無疑是愚蠢的行為。而嚴歡和付聲這一次大膽的嘗試，顯然也捕獲了在場的樂迷一向狂野的心。

就連嚴歡也是受寵若驚，直到付聲帶著他從臺上下來，不知是還沉浸在歌聲中，還是被樂迷熱烈的歡呼鎮住了，少年都還暈頭暈腦地，一點也沒有剛才在臺上時那沉穩的模樣。

啪啪啪啪——！

一陣掌聲在後臺突兀地響起，嚴歡這才回過神來，看著那鼓掌的人。那人站在許允身邊，正大力地拍著手，然而即使是在這光線昏暗的後臺，他卻還是帶著一副墨鏡，看起來有些滑稽。但是他周圍的人卻一點都不覺得奇怪的樣子，似乎早就習以為常。

付聲看見這個人，腳步頓了頓，臉上露出了驚愕的神色。

「很棒的表演。」

墨鏡男說著，對嚴歡露出狡黠的笑容。

「沒想到這麼快，我們又見面了。」

嚴歡愣愣地看著這個和自己打招呼的人，似乎有一種似曾相識之感。

「你是……誰？」

許允腳下不由得踉蹌了一步，哭笑不得道：「我說阿翔，你什麼時候也學人家這麼老套的搭訕了？」

墨鏡男笑而不語，只是清了幾下喉嚨，用另一個嗓音道：「你不記得我了？上次還說欠我一頓飯，不會是要賴帳吧？」

一聽見這個聲音，嚴歡立刻想起來了，這不是之前在自動販賣機那裡大動拳腳的怪人嗎？今天他換了一副墨鏡，室內光線又暗，一時之間沒認出來。不過一聽見這個頗有辨識度的聲音，他就想了起來。

嚴歡有些不好意思，「沒想到竟然會在這裡遇見你，不過，話說回來，你怎麼在這？」

「你們真的認識？」許允訝異，就連一旁的付聲也微微側目。

「之前有過一面之緣。」墨鏡男笑笑道，「不過我也沒想到他竟然就是付聲的新團員，還是主唱。該怎麼說，這果然是緣分。」

許允露出一臉不想再聽下去的嫌棄神色，付聲沉默不語，只有嚴歡好奇地問：

「緣分？」

「是啊。」

墨鏡下的嘴掀起大大的笑容，男人道：「讓身為主唱的你與我相遇，難道不是上天賜予你的寶貴機會嗎？要好好珍惜哦，小鬼。」

「機、機會？」嚴歡詫異，他怎麼覺得自己聽不懂中文了呢？

「能得到我這樣一個優秀前輩指導的機會可不多，這一次難得你遇到，難道不該好好珍惜嗎？」

男人說著，摘下了墨鏡，一雙炯炯有神的眼睛望著嚴歡。他看著嚴歡，一臉期待，好像是在等待嚴歡露出驚訝或欣喜若狂的表情來。

許允不忍目睹地轉過了頭，不想去看這個傢伙偶犯的自戀毛病。

「等、等一下！」

嚴歡忍不住伸出手，遮住對方看過來的期待視線。

「我有一個問題要問！」

少年一臉嚴肅道：「說了這麼久，我還不知道……你是誰啊？」

「……」

一片寂靜。

「噗哈哈哈哈哈！」

許允第一個爆笑出來，他捂著肚子，笑彎了腰，一邊抹著眼淚一邊道：「讓你耍帥！讓你自戀，這下栽了吧！哈哈哈哈！」

墨鏡男僵了僵，不動聲色地又將墨鏡戴回去。看起來若無其事，可有些僵硬的嘴角卻顯露了他的情緒。

在場唯一還正常的就是付聲了，作為早習慣了嚴歡的某種無知的團員，他對於這個場景毫不意外。

付聲拉過嚴歡，「你不是說你認識他？」

「認識是認識，但是只見過一面，我根本連這位大哥的名字都不知道。」嚴歡說，「啊！難道他也是哪一支樂團的著名樂手？」

他看著僵硬的墨鏡男道：「抱歉！因為我才接觸獨立搖滾沒多久，很多都不懂！如果剛剛有冒犯的話，實在抱歉！」

墨鏡男笑了笑，「你不用道歉，只要你以後知道我是誰就可以了。」

說著，他伸出手來，要與嚴歡相握。

「這一次就當做是正式的自我介紹吧，我是藍翔，曾經是一名主唱。」

「你好，我是嚴歡！現在是樂團的吉他手兼主唱。」

兩人輕輕握了握，便相視一笑，鬆開手。

藍翔看著嚴歡道：「今天既然遇見了，上次你說的那頓飯，不會不算數吧？」

「當然不會！」嚴歡也開心道，「這次演出結束之後，我就請藍、藍……」

「叫我阿翔就好。」

嚴歡哪會這麼沒大沒小，光看付聲的反應，就知道這位不是普通人。

「結束後我請翔哥吃飯，一定不會忘記的。」

藍翔不在意地笑一笑，「那我等著。」

他轉身，瞥了眼終於笑完的許允。

「笑夠了沒？不怕把肚子笑壞的話，現在就幹正事去。」

他說著，揪著許允的衣領，拖著他走遠了，一邊還背對著嚴歡，瀟灑地揮一揮手。

直到他離開，嚴歡才收回視線，感慨道：「這位藍翔哥，氣場可真是不同凡響啊，簡直和你有得拚了。」

出乎意料的，一向自傲的付聲，這一次竟然點頭認可。

「如果他的聲帶沒有壞的話，以後的成就不會比我小，可惜……」

「怎麼，藍翔哥他?!」嚴歡驚訝。

付聲淡淡道：「你應該也聽出來了，他的聲音和一般人不一樣。藍翔以前和你一樣是主唱，不過因為一場意外，他的聲帶不能再用力發聲了。」

嚴歡心裡咯噔了一下，「那他現在？」

「有人說他在與人合作經營獨立品牌，有人說他開始轉向幕後，總之他雖然不再登臺，卻沒有離開搖滾。」

嚴歡想起以前曾經聽過的，藍翔那特殊的聲音，很是遺憾道：「那翔哥現在不唱了嗎？」

「這種事情，只有本人知道。」付聲無所謂道，「別人的事情，怎樣都與我們無關。嚴歡，你倒是該想想自己的事。」

「我？」

「剛才在臺上，你那是怎麼回事？」

終於來興師問罪了！嚴歡苦笑，不著痕跡地想要開溜，卻猛地被付聲抓住衣領。

主奏吉他大人毫不留情道：「不說清楚的話，今天晚上你就不要進家門了。」

「……」

「沉默也是罪，明天開始斷你糧草。」

「救命——啊！」

嚴歡的哀嚎聲傳出老遠，可是周圍Live House的工作人員，哪一個敢明目張膽地觸付聲大魔王的逆鱗呢？

只能自求多福了，嚴歡。

十分鐘後，一臉菜色的嚴歡，很是無精打采地站在演出廳，和周圍的其他人一起等待國外樂團的表演。不過，剛剛被付聲蹂躪一番，他此時還有些提不起精神來。

但是很快，讓他不得不提起精神的傢伙就找上門來了。

「哎呦，瞧瞧這是誰?!不是剛才在臺上緊張得忘詞的那個膽小鬼嗎？」

十分囂張的聲音，讓嚴歡惱怒地抬起頭來，一望，就看到一個很是眼熟的傢伙。

「……你是？」

見嚴歡想不起自己，對方更加羞惱。

「真是位大人物，您哪還會記得我們這些小角色的名字呢？」

「你……」

聽著對方話裡帶刺，嚴歡哭笑不得，自己今天晚上到底是惹到誰了，怎麼誰都看自己不順眼？

「夠了，沙崖，別鬧了。」

一個帶著無奈的溫柔聲音傳來，嚴歡側了側頭，看到一個二十三四歲的年輕男人正走過來。

「抱歉，我們家小毛頭老是喜歡惹事。」這個長得頗有幾分俊秀的青年，對嚴歡歉意道，「其實是他剛剛看了你和付聲的出色演出，心裡不服氣，才過來找茬的。」

嚴歡這下總算認出來了，這兩個人不正是上回去草莓面試時，和付聲搶樓梯的那幾個人嗎?不，準確地說，是那個叫沙崖的傢伙和付聲爭執，然後他家的老好人團長出來打圓場。

看著被溫柔的團長鎮壓得不敢反抗的沙崖，嚴歡心裡偷笑一聲。果然是一物降一物啊！不過很快，他又想到那完全降住自己的某吉他手，臉色又苦了下去。

「你也是過來看演出的嗎?」沙崖的團長明斐問道。

「嗯，因為聽付聲說，這次來的幾支樂團都很有來頭，所以過來取取經。」

明斐溫柔一笑，「你剛才的表演，也不比他們差。」

這個男人!怎麼對誰都可以笑得這麼、這麼……

嚴歡詞窮，摸了摸自己剛剛漏跳一拍的小心臟，開始懷疑自己的性取向。

「他還差得遠。」

付聲不知何時出現，他的聲音猶如一盆冷水，一下子澆滅了嚴歡剛剛冒出來的小得意。

「只是這種程度就表揚的話，只會捧殺他而已。」

明斐笑笑，「不愧是付聲，還真是嚴格啊。」

「只是最基本的要求罷了。」付聲面無表情道。

嚴歡站在一旁，看著這一個笑意盈盈、一個面癱臉的兩人對話，總覺得有一股很奇怪的氣場。好像是這兩人雖然只是在普普通通地說著話，但其實暗潮洶湧。仔細看，還隱約可看見雷光風刀閃過？

嚴歡揉了揉眼，自己是看錯了？

「喔喔喔喔！！」

「出來了，出來了！」

耳邊突然響起一陣狂熱的歡呼，將這兩人的對話打斷。嚴歡看向舞臺，只見已有另一群樂手登了上去。

這是……

「開始了。」

付聲的聲音低沉，目不轉睛地看向臺上。

來自國外的搖滾樂團，終於千呼萬喚始出來。

第一個登臺的，是哪一支呢？

舞臺的燈光忽明忽暗，看不清臺上樂手的面容，卻止不住樂迷震天的熱情。

還沒有正式開演，樂迷的歡呼就像是要將這屋頂掀翻一般。

嚴歡站在人群中，忍不住捂住了耳朵，怕被周圍的聲音震聾。可手還沒捂住多久，就被付聲拉了下來。

「好好聽著。」付聲嚴厲地瞪了他一眼，「你仔細看這些人的表演，然後想一想，為什麼這些樂團會如此受歡迎。」

嚴歡叫苦不得，竟然連保持耳根清靜的權利都被剝奪了嗎？不得已，他只得在身邊的一聲聲高喊中，仔細去觀察臺上的那支樂團。

這是一支日本樂團，在亞洲，日本的搖滾算是發展得不錯了。甚至在上世紀，還一度出現過幾支走出亞洲、衝進歐美的搖滾樂團。雖然大多無疾而終，但是也證明了當時日本搖滾的實力。

不過這也是基礎打得好，在日本，很多高中生有大量的課餘生活的選擇，因此練習搖滾的群眾基礎也比國內優秀許多。這些事，嚴歡當然不知道。

他現在僅憑著自己的一雙眼，去打量這支日式搖滾樂團。一眼看去，他還以為來了哪一支非主流樂團呢！

這些日本樂手容貌清秀不亞於女人，妝容也同樣，尤其見到還有畫著濃豔眼影的男人，髮型更是飄逸灑脫，脫離了一般人的審美，讓嚴歡目瞪口呆。

他自問在國內也看過一些樂團，重金屬有之、龐克有之，最初的付聲走的更是死亡金屬一路，也不可謂不潮流、不瘋癲，可是和眼前這一支日本樂團比起來，完全是小巫見大巫。

「Visual Rock。」

站在嚴歡身旁的明斐淡淡道，見嚴歡看過來，他淡淡一笑，為他解惑。

「也就是視覺搖滾，這是在日本才獨有的搖滾分支，不過最近好像國內也有不少人迷上它了。」

嚴歡看著臺上那幾個似男非男、似女非女的樂手，很是難以理解。

「迷上？」

明斐笑而不語，一旁，付聲卻不甘示弱，也開口道：「乖乖看著就是。」

好吧，這個回答約等於沒有回答。

被暴力鎮壓的嚴歡，只能安靜地等待這一支視覺搖滾樂團的演出。

碰碰咚！

鼓手用力地敲擊，示意演出即將開始，臺下的樂迷歡呼更甚，對此，原本顯得冷漠的鼓手，嘴角不由得帶出一絲笑意。

這時候，站在最前面的一個像是主唱的人，對著臺下的觀眾們揮了揮手，說了一句嚴歡聽不懂的日文。臺下頓時安靜下來，這號召力也是不可小覷。

主唱看起來不到三十歲，可是究竟多大，嚴歡也只能猜測，畢竟樂手的年齡光看外貌是很難判斷的。

與身後的幾位同伴眼神交流了一會，主唱走到臺前，輕輕將麥克風握在手中。只是這一握，便生出少許豪情來，這其中的自信和灑脫，嚴歡自認是拍馬也趕不及。

看著主唱這副模樣，嚴歡正準備深呼吸一下，側耳傾聽。可他還來不及做好準備，一聲清嘯出喉的歌聲便割裂空氣，爭先恐後地鑽入每個人的耳中。

沒有前奏，一開始便是主唱華麗高昂的聲音。那清秀的人影站在燈光下，唱出擲地有聲的音色，宛如一道清風直接穿透嚴歡胸膛。

起先，是略顯溫婉的一聲，像是質問，像是尋索，落入耳中，便是那破開濃霧的一道金芒，照亮了霧靄沉沉的大海。

主唱仰頭高吟，顯然全情投入。第一段最後一個音符墜落，他帥氣地一甩麥克風，落下一道長音。

幾乎沒有空隙地，吉他接上，激昂熱烈的節奏，像是要湧動內心的每一絲熱血。貝斯的低沉、鼓點的擊打，融匯在歌聲和吉他中，好似渾然一體，將堪堪一個大世界描繪出來。

主唱的節奏加快，隨著歌聲，感情急劇變換，情到深處，身體隨著唱出的音符而不由自主地搖擺，似乎也聳動著臺下的樂迷隨之起舞。

事實上，樂迷也確實嗨翻了。吹口哨有之，擺手勢有之，更有甚者，踏著前面同伴的肩膀站起來，然後縱身一躍，倒入身後黑壓壓的人群中。

在身下無數同好的支撐下，這些在人海上翻滾的先行者們，在不認識的陌生人手中一個接一個地被傳遞過去，最後玩夠了才落地。

整個現場，都變得一片沸騰，而始作俑者，就是這一支來自日本的樂團。他們的音樂和他們的搖滾，跨越國界和隔閡感染了大海彼端的這一片狂熱者。

臺上的主唱聲音漸揚，樂迷也隨之達到另一個沸點，在不知經過多少輪喧鬧後，才終於傳來主唱的最後一聲。

彷彿酣暢淋漓，剛剛從一場大雨中衝出，卻渾身都是熱意和力量，想要揮去頭頂的桎梏，驅散一切。

一聲盡，整個現場如沸水翻滾，呼嘯狂吼不絕於耳。

這本該是很煩人的噪音，然而嚴歡現在身處其中，除了發呆，竟然再也做不出其他反應。

明斐看著他，微微一笑。

「VR系的搖滾，可不僅僅是好看而已。」

雖然是聽不懂的語言，雖然是不同的文化，但是從音樂和搖滾中湧動出來的力量，卻是一樣火熱，而他們熱愛搖滾的鮮血也同樣赤紅！

嚴歡吞了下口水，看著正準備開唱下一首的那支日本樂團。

「他們……是誰？」他迫不及待地問道，「剛才那首歌，叫什麼名字？」

這是他第一次對一支樂團產生這麼大的好奇，這也不奇怪，現場完全不同風格的演出，震驚了這個涉世未深的小鬼頭。別說他，就是他體內的老鬼John，也是久久不語。

「看來，不可小看天下英雄啊。」在國內待久了，John說話都有一股文謅謅的風範。

「SID。」不知何時，付聲又鑽了出來，「這是日本很優秀的一支視覺樂團，也是視覺搖滾的代表之一。而剛剛那首歌的名字，噓。」

「什麼？」嚴歡四下望瞭望，是要他保持安靜的意思嗎？

付聲無奈，「不是讓你閉嘴，而是這首歌的名字，就是《噓》。」

對於這個有些意義莫名的名字，嚴歡並沒有升起輕視之心，單單是看著一支樂團，他心裡就產生出一股高山仰止之情。這種水準，自己究竟何時才能達到呢？

「怕了？」付聲斜眼看他，「在世上還有很多比他們更出色的樂團，以前有，現在有，以後也會有。」

嚴歡笑了笑，「不是怕，只是突然覺得，原來前面還有這麼多關卡要過。」

「所以呢？」

「所以我巴不得現在，就將天下英雄看盡！」學著 John 說話的口氣，嚴歡雙目灼灼地看著臺上。

「而我們悼亡者，以後也會成為比他們更出色的樂團。」

少年信誓旦旦，被勾起的熱血在胸中翻騰，難以熄滅。

這是在他眼前剛剛展露一角的天空，裡面是無盡光輝，令人炫目，引人遐想。而這片天空下，又還有怎樣的挑戰和磨難，在等待？

嚴歡的心臟怦怦跳動，雙眼緊盯著舞臺。

第一支出場樂團就有這種水準了，之後的兩支又會有怎樣的表演呢？

在SID唱完所有預備曲目後，在場所有人都酣暢淋漓，包括嚴歡。

從第一次被帶著去Live House，到現在每天每夜都在為搖滾奮鬥，他究竟有多久沒有這樣暢快地聽一曲歌了？有多久，沒有再去現場傾聽其他樂團的表演了？

難怪人家說坐井觀天，原來他嚴歡，以前也不過是一隻井底蛙而已。

SID在臺下樂迷的高聲歡呼中揮手下臺，嚴歡卻是止不住地興奮。

「我能去後臺看一看他們嗎？」他迫不及待地問付聲，「就看一眼，只說一句話，握個手就好了！」

對於這支打開自己視野的外國樂團，嚴歡抱著不小的熱情，連John都有些吃醋。

「不可能。」付聲果斷地拒絕，「他們有專門的經紀人，不是隨便誰都可以去打擾的。」

「……」嚴歡低著頭，有些垂頭喪氣。

在他身旁，沙崖偷偷捂著嘴笑，看起來像是在幸災樂禍，嘲笑他的不自量力。

「不過，也不是完全不可以。」付聲道，「等你看完三支樂團的演出，而我心情又好的話，說不定會考慮考慮，拜託許允讓你見他們一面。」

「真的？」嚴歡的眼睛瞬間亮起來了，「真的，真的，真的？真的，真的，真的，真……」

「閉嘴。」付聲不耐煩道，「再多說一個字，我就收回剛才的話。」

嚴歡立刻緊緊捂住自己的嘴，還做了個拉上拉鍊的手勢，不過興奮之情仍然難以掩飾地從他的眼睛裡透了出來，看得一旁的沙崖牙癢癢。

他轉頭，略帶委屈地瞪了自家團長一眼。

明斐一愣，隨即無奈地苦笑道：「我可沒有付聲那樣的人脈，什麼都幫不了你。」

沙崖聞言，更加氣悶了，連帶看著嚴歡都覺得他是一副小人得志的嘴臉。他哼哼了一聲，轉身看著臺上，期待下一支出來表演的樂團。

嚴歡此時心情好，也就滿有耐心地等著。可奇怪的是，第二支樂團似乎有些延誤，本來應該五分鐘之前就出場的，卻一直沒有動靜。在場的都是性情火爆的搖滾樂迷，漸漸地有些不耐煩了，這些人發起飆來可是不能小覷的。

正奇怪，嚴歡突然瞥到角落許允在對自己招手。

——找我？

他用唇語問，指了指自己。

許允用力搖了搖頭，指著他身旁。

原來是來找付聲的，可是這時候他作為老闆不去催場，過來找付聲幹嘛呢？

嚴歡雖然奇怪，但還是拉了拉付聲，對他指了指場邊好像熱鍋上螞蟻的許允。

付聲看過去，修長的眉毛不由得揚了揚，他對嚴歡道：「乖乖待在這裡，我等等就回來，哪裡都不許去。」

「知道、知道，我一定會在這裡生根的！」

嚴歡舉手做投降狀，付聲這才放心，慢悠悠地向許允那邊走去。

嚴歡好奇地看著，見許允拉過付聲，一溜煙地不知跑到哪裡去了，心裡有些不解，喃喃道：「搞什麼鬼鬼祟祟的？真是……」

而在此時，他卻感到褲袋裡一陣震動，是手機有來電！這時候，會是誰打給他呢？

現場太吵鬧了，接電話也聽不清楚。嚴歡做賊心虛地四處打量了一眼，沒見到付聲的身影，這才偷偷摸摸地拿著手機離開演出廳。

「喂，我是嚴歡。」

「歡啊！」

一開口，就是向寬那活力四射的嗓門，嚴歡揉了揉耳朵，把手機拿得離耳朵遠一點。

「你找我什麼事？」

「應該是我問你這句話才對！」向寬道，「我剛才去店裡拿回手機，就看見你的一通未接來電，打給你好幾次你都不接，付聲也不接電話，你們兩個在搞什麼呢？」

嚴歡捂嘴笑了笑，大有炫耀的意思，把自己和付聲到H市來聽演出的事說了，末了還顯擺道：「我剛才還聽了SID的現場演出哦。SID，你知道SID嗎？人家可是日本很有來頭的VR樂團……喂，向寬，還在嗎，人呢？」

嚴歡拿下手機看了看，是沒訊號了嗎？

「在哪……」

「什麼？」

向寬幽幽的聲音傳來：「那家Live House在哪，是哪家?!告訴我地址，我立刻拉著陽光就去。」

「哪家？」

嚴歡看著門口的招牌，隨口念了出來，可是感到不對，又道：「你過來也來不及了啊！而且，現在票都賣光了！喂？喂喂！」

他聽著手機裡的忙音，原來向寬那傢伙不知什麼時候已經掛斷了。

嚴歡哭笑不得，「希望那傢伙趕來的時候，看不到演出不要找我算帳啊。」

這次完全是付聲的安排，可不是他有意要搞小團體啊。想起付聲，嚴歡被寒風吹得抖了一下。出來接電話講了這麼久，要是被付聲發現自己不在演出廳，絕對又是一頓數落。

嚴歡立刻收起手機跑回演出廳，好不容易左擠右擠，擠回了原來的位置。嚴歡一看，付聲還沒回來，不由得鬆了口氣。可是隨即又奇怪起來，自己少說也出去了十分鐘，這麼長的時間，付聲究竟和那個許允在囉嗦什麼？

還是說，他又被哪個美女勾搭上了，在某間廁所行不軌之事呢？

嚴歡有些不是滋味，每次一想起自己和付聲的初見場景，心裡就有氣。可更氣的是，付聲根本就不記得那件事，這讓嚴歡又更鬱悶了。

不過很快，嚴歡就從回憶中回過神來，因為他發現現場的氣氛似乎有些不對勁。原本還在躁動的樂迷，此時依舊躁動，可是感覺躁動的原因不一樣了，現在更像是興奮和迫不及待。

發生什麼事了？

不知為何，嚴歡下意識覺得，這現場氣氛的異樣，或許和付聲有關。

正想著，身旁的明斐開口了。

「你們悼亡者，這一次可是出盡風頭了，恭喜。」

嚴歡不解其意，迷惑地看著他。

明斐笑了笑，「你還不知道嗎？剛才 Live House 的老闆通知說，下面那支樂團的主奏吉他手因為水土不服，暫時不能上臺演出。所以，他們只能臨時找一位吉他手頂上。」

嚴歡的嘴巴漸漸張大，快可以吞下一顆雞蛋了。

「哇噢噢噢噢！」

沒有等明斐說清楚那個暫時替補的吉他手是誰，臺下已經發出一陣瘋狂歡呼！樂迷激動地揮舞著手，大肆高喊著。

一道熟悉的人影站到舞臺上，拿著吉他，睥睨著臺下眾人。

一瞬間，嚴歡有種時間倒流的錯覺。

燈光下，付聲的側臉顯得冷漠，他聽著臺下觀眾一聲聲地狂喊自己的名字，卻不為所動。只是用冷冽的眼神，輕輕望了下去。

這樣孤傲，這樣冷酷，這樣充滿了金屬寒意的付聲！究竟有多久沒見到了！

原來那個頂替外國樂團主奏吉他的吉他手，就是付聲。

嚴歡看著臺上那個似乎變得有些陌生的付聲，心裡不知是何滋味。

有一瞬間，他看著那道修長的人影，只覺得自己離他好遠。

彷彿有一段永遠都無法拉近的距離，隔閡在他們之間。平日那個會督促他、會打罵他的付聲，好像消失不見了。此刻在這個舞臺上，是高高在上的、有資格與外國樂團同臺演出的付聲。

那一刻，嚴歡莫名地想起了付聲曾說過的一句話。

——我的世界，只有搖滾。

——《聲囂塵上02》完

高寶書版集團
gobooks.com.tw

BL063
聲囂塵上02

作　　者　YY的劣跡
繪　　者　瑞　讀
編　　輯　林雨欣
校　　對　薛怡冠
美術編輯　彭裕芳
排　　版　彭立瑋

發 行 人　朱凱蕾
出　　版　三日月書版股份有限公司
Printed in Taiwan
地　　址　臺北市內湖區洲子街88號3樓
網　　址　www.gobooks.com.tw
電　　話　(02) 27992788
電　　郵　readers@gobooks.com.tw（讀者服務部）
傳　　真　出版部　(02) 27990909　行銷部 (02) 27993088
郵政劃撥　50404557
戶　　名　三日月書版股份有限公司
發　　行　英屬維京群島商高寶國際有限公司台灣分公司
Global Group Holdings, Ltd.
初版日期　2022年1月
二刷日期　2022年2月

本著作物《聲囂塵上（搖滾）》，作者：YY的劣跡，由北京晉江原創網絡科技有限公司授權出版。

國家圖書館出版品預行編目(CIP)資料

聲囂塵上/YY的劣跡著.-- 初版. -- 臺北市：三日月書版股份有限公司出版：英屬維京群島高寶國際有限公司臺灣分公司發行, 2022.01-
面； 公分. --

ISBN 978-986-0774-48-1(第2冊：平裝)

863.57　　110017878

三日月書版

三日月書版

GOBOOKS
& SITAK
GROUP©

GOBOOKS
& SITAK
GROUP©